언젠가 너에게 듣고 싶은 말

언젠가
너에게
듣고 싶은 말

임수진 지음

달

"자기는 나를 있는 그대로 받아들여줄 수 있나요?"

"어렵지 않을까. 현실적으로."

"하긴……. 나도 그러니까."

일러두기
일부 외래어는 작가의 표기에 따른다.

아그리파°

작년 오늘, 5월 5일, 나는 네가 보고 싶어서 기다리고 있었어. 우리집에는 한 달 전 즈음 밤에 친구한테서 받아 업어온 아그리파가 있었지. 아그리파 알아? 미술학원에 있는 거. 남자 흉상인데 좀 험상궂게 생겼어. 계속 보고 있으면 꽤 듬직하고 나름대로 멋지고 그렇다. 딱히 할일도 없고 해서 나는 아그리파를 그렸어. 아니, 거짓말이야. 네가 보고싶었는데 전화할 수가 없었어. 그래서 그렸어. 뭐라도 해야 해서.

잘 못 그려. 스케치북 중앙에 가로선과 세로선을 그어서 비율을 맞춘다거나 하는 거 없이 그냥 막 그려. 어렵다면 어렵겠지만 잘 그리고싶은 기대가 없다면 그냥 그리고 싶은 대로 그리면 돼. 훈련을 받은 게아니니까 보이는 대로 종이에 그려낼 수는 없어. 그런 기술은 없거든. 그렇지만 일단 봐. 뚫어지게 봐. 누가 그러더라. 하나를 봐. 계속 봐. 재미가 없어도 그냥 봐. 보면 언젠가 재미있어지는 순간이 와. 그래도 재미없으면 그냥 봐, 계속.

 있지, 그렇게 내 눈앞의 아그리파를 보고 있는 줄 알았는데, 문득 정신을 차리니 내 눈에 보이는 건 온통 나였어. 괴로운 날 그리면 종이 위에 나타난 나의 아그리파는 고민이 많아 보여. 눈썹 밑 움푹 들어간 곳의 그늘을 유난히 진하게 칠하게 되지. 기분이 좋은 날 그리면 아그리파는 그저 평화롭게 세상을 응시하는 것 같아. '원래 이런 거야, 괜찮아' 하고 말하는 것처럼. 무뚝뚝한 사람이 미소 한 올도 짓지 않고 하는 위로처럼, 이상스럽게도 다정하게.

 그렇게 나밖에 없었어. 어느 날 네가 슥 하고 나타났다고 해도. 그러니까,

 내가 너를 어떻게 다 알겠니. 사랑하는 너야, 내가 너를 어떻게 다 알겠니. 내가 너한테서 내 그림자를 보고 혼자 상처받는 것처럼 너도 그럴 때가 있겠지 싶을 뿐이야. 아니면 내가 너에게 무언가 잘못이라도 한 걸까? 그럴지도 모르겠다. 나 혼자라면 이대로도 나름대로 괜찮은데 너와 함께라서 나는 나를 바꿔야 하는 걸까 고민하게 돼.

 작년 오늘, 나는 노란색 오일 파스텔로 아그리파를 그렸어. 한 가지 색만 썼어. 하얀 바탕에 노란색뿐이었다. 다 그린 다음 나는 아그리파의 얼굴 위에 여러 가지 말들을 썼어. 그러고 나서 그 위를 다시 노란색으로 칠했어. 다 칠하고 나니 화면에 흰색은 없었어. 전부 노란색이었

어. 그리고 그걸 벽에 붙여놓았어. 온통 노랑, 하지 않은 말들의 노랑.

　신기하지, 같은 일이 반복되는 것이. 작년처럼 오늘도 너를 기다리고 있는 것이.

○

푸른전구빛 °

우리는 마트에서 원래보다 네 배는 비싸지 않을까 싶은 Y잭을 사서 집에 왔다. 상품명은 무려 '커플용 이어폰 케이블'이었다. 와인 잔에 보드카를 따르고 엄마가 준 매실 진액을 탔다. 보드카만 마시면 너무 쓰니까. 그는 마시지 않겠다고 했다. 우리는 여러 가지 음악을 들었다. 그는 자기가 잠시 후 잠이 들면 이십 분 후에 깨워달라고 했다. 나는 그러겠다고 했다. 잠시 후가 아니라 당장 자버릴 거면서, 하고 나는 웃었다. 듣고 싶은 노래가 없느냐고 물어보니 〈푸른 전구〉라고 졸린 목소리로 웅얼거린다. 검색해보니 없다. 〈푸른 전구〉요? 없는데? 그는 졸린 눈을 뜨고 검색해보더니 〈푸른전구빛〉이구나 한다. 노래가 흘러나오자 나는 눈을 감고 있는 그를 놀라서 바라본다.

〈푸른전구빛〉.

노래 제목은 잊어버렸었다. 그렇지만 확실히 그들의 음악이다. 나는

°

이상한 감동에 휩싸인다. 웅웅 하는 음악 소리가 귀에 깊게 깔리고 맞은편 벽에는 지난 크리스마스 때 달아두었던 색깔 전구가 빛을 내고 있다. 그래, 푸른색. 예쁘다. 정말 예쁘다.

그들을 듣고 있었다니, 네가 그들을 알고 있을 줄은 몰랐어.

어쩌면 이 밴드가 내가 생각했던 것보다 더 유명한지도 모른다.

그렇지만 너도 듣고 있었다는 게. 우리가 서로를 모를 때에도, 둘이서 따로따로, 이 조용하고 내성적인 음악을.

나는 어둠 속에서 여러 색깔의 빛이 보일 때 이 음악을 들었었다. 멀리서 반짝이는 희망의 빛이 아니라 정말 '지금만 볼 수 있는 빛'이라는 느낌이었다. 조그맣고, 바람에 떨리고, 곧 사라져버릴 것 같은. 학교가 끝난 뒤 매일 걸어다니며 보았던 양화대교의 빛, 은백색으로 차갑게 출렁이던 한강의 빛, 공강 시간에 건물 밖으로 걸어나오는 순간 얼굴에 비치던 햇빛, 맞은편에서 웃으며 걸어오던 그 눈동자의 빛, 목소리의 빛.

발에 진흙이 더덕더덕 달라붙어 있어도 그때는 스물두 살이었다. 낯설기만 한 세상에 대한 막막함 속에서도 스물두 살짜리의 빛이 있었다. 많이 겪었든 적게 겪었든 모두 비슷한 걸 겪었을 것이다. 너무나 간절하게 따뜻함을 원한 나머지 자신의 체온에도 눈물을 쏟을 것 같은 순간들이 모여 있었다. 정말이지 바보 같지 않은가. 스물두 살이라는 나이는.

○

손을 뻗으면 발목이 잡힌다.

내 발목이다.

따뜻하다. 내 손이다.

__황인숙, 「조그만 회색의 유리창」 부분

매실을 탄 보드카를 삼키면 이삼 초 뒤에 혀 중심에서부터 바깥으로 싸하면서 얼얼한 감각이 온다. 독했다. 나는 이어폰을 귀에 꽂고 조심스레 침대에서 일어나 혼자서 춤 같지도 않은 춤을 흔들흔들 추었다.

더블베드의 위용

가족으로부터 독립해 혼자 살기 시작했을 때 무척 신이 났었다. 처음
으로 가진 자기만의 집이었다. 가구를 사들이는 것도 좋았다. 가구가
없는 집이란 무엇인가를 느껴보았기 때문에 더 좋았는지도 모른다. 이
삿짐을 옮긴 첫날밤, 침대도 책상도 옷장도 없는 썰렁한 집에서 이불
만 펴놓고 그 위에서 사과를 주섬주섬 깎아 먹으며 배고픈 속을 달래
는데 참 외로웠다. 가구가 없으니 친구와 전화를 하고 있어도 내 말소
리가 벽에 부딪혀 윙윙 울리지 않는가. 황량했다. 가구는 사람을 외롭
지 않게 해주는 데 필수품이구나 하고 감탄하게 되었다.

　가구를 사들이려고 밤마다 붉은 눈으로 인터넷을 뒤지면서 제일 단
숨에 고른 건 커다란 침대였다. 에라잇, 침대는 당연히 큰 게 좋지 하
는 생각이었다. 왜냐면 나는 작은 침대에서의 고통을 잘 알고 있었기
때문이다. 세 명 이상이 눕기에는 역시 불편하죠, 이런 게 아니고. 아

니라니까요.

대학원 시절 기숙사에는 싱글 침대 발치에 커다란 벽장이 있었는데, 잘 때 자꾸만 발이 벽장에 닿아서 불편했다. 외국 민화에 나오는, 행인을 납치해다가 침대에 눕혀놓고는 침대 길이보다 키가 크면 발을 자르고 키가 작으면 침대에 맞게 몸을 죽 잡아서 늘였다는 도둑들이 자꾸 떠오르고 그랬다. "아니 이 여성 보라지? 침대보다 다리가 길잖아. 다리가 침대 밖으로 나오면 불편할 테니 내가 좀 도와줄까나. 스윽스윽." 이런 대화가 들리는 것만 같았고. 나는 그렇게나 키가 큰 것일까? 상당히 높은 하이힐을 신은 날, 문과대 남성들 대부분의 정수리가 보여서 약간 당황했던 엘리베이터에서의 기억은 있다. 내 키가 아무려면 이 미터 정도 되는 침대 길이보다야 크지는 않았을 테니 아마 자면서 베개를 침대 머리에 딱 붙이지 않고 밑으로 좀 내려오지 않았을까 싶은데 잘은 모르겠다. 아무튼 나는 침대란 반드시 커야만 한다, 내 대학원 시절의 아픔을 설욕하리라 하는 심정이었던 것이다. 내 공간, 나, 나만으로 홀가분한 마이 라이프. 이런 자아 확대성 독립에도 널찍한 더블베드란 꽤나 잘 어울리지 않은가.

문제는 침대를 주문해서 들여놓고 난 다음이었다. 집에 초대한 친구들마다 "음, 이건 너무 '어서 오세요'의 느낌인데"라고 하거나, 아무 말도 하지 않고 내 얼굴을 보고는 빙글빙글 웃거나 했다. 심지어 "다른 언니들은 적당히 내숭도 떨고 그러던데" 하면서 일침을 가하기도 했다. 이런 음흉한 사람들 같으니. 넓어서 잘 때 무척 자유롭다고 답해도 "그렇지, 뭐든 간에 상당히 자유롭겠지"라고 되받으면서 또 빙글빙글 웃기나 했다. 이런 종류의 문제가 있을 거라곤 생각도 못했다. 나중에 남자친구에게 "근데, 우리집에 처음 왔을 때 침대 보고 당황했어요?"라고 물어보니 "조금"이라는 대답이 돌아오기는 했다. 역시 뭇사람들의 염려엔 이유가 있는 것일까.

더블베드에서 막상 혼자 자보니 생각처럼 활개치면서 자지는 않았다. 나의 수면 스타일은 말하자면 투탕카멘풍으로, 두 손을 마주해 가슴에 붙이고 뒤통수는 얌전히 베개에 대고 있는 경우가 많다. 수면 중 내가 어쩌는지 정확하게 알 수는 없지만. 그래서 내 옆엔 홍대 길거리 과녁 게임장에서 산 표범 인형을 놓아두었다. 꼬리까지 보면 몸길이가 내 키 정도 되는 커다란 녀석이다. 근엄하게 앉아 있는 품이 내 마음을 앗아가버려서 충동적으로 구입했다. 아저씨한테 "게임 안 하고 인형만 살 수 있어요?"라고 물었더니 마트에서 사면 십사만 원인데 칠만 원에 주겠다고 하는 것이 아닌가. 야호. 심지어 카드도 된다고 해서 카드를 건넸더니 옆 편의점으로 들어가 칠만 원어치 담배를 한아름 구입해서 나오셨다. 세미 물물교환일까.

칠만 원어치 담배와 교환한 인형의 이름은 리차드 파커다. 영화 〈라이프 오브 파이〉에 나오는 바로 그 호랑이 이름이다. 이 더블베드는 망망대해의 나의 조각배요, 너는 함께 탄 나의 호랑이니라, 하는 뜻에

○

서다. 집에 초대한 친구들에게는 꼭 리차드 파커를 소개해준다. 영화에서 호랑이는 바다에 홀로 표류한 주인공에게 엄청난 위협이지만 실은 주인공의 정신을 붙잡아 살아가게 해주는 소중한 존재, 덫인 동시에 삶의 원동력인 콤플렉스의 상징 어쩌고저쩌고 설명을 하고 있으면 다들 "근데 이거 표범이잖아"라고 한다. 여보세요……?

엄마의 생일

생각하면 자기 엄마처럼 알기 어려운 상대가 있을까? 내가 엄마를 정말 이해할 수 있다면 나는 아마도 이 세상 모든 사람을 사랑할 수 있겠지. 그때는 세상 모든 것이 꽃 피듯 있는 그대로 아름다울 거라 생각한다. 이 꽃 저 꽃 예쁘지 않은 꽃이 없겠지, 만지면 이파리가 그 모든 가느다란 잎맥을 나한테 열어주겠지. 그런 꽃동산에 누워 있는 걸 상상해본다.

엄마는 나한테 말이 별로 없었다. 말수가 적었던 것도 아닌데, 나한테는 엄마로서의 말만 했다. 엄마는 엄마이기만 했다. 나도 딸로서의 말만 했다. 엄마가 나처럼 장점도 단점도 있는 그냥 하나의 사람으로서 느껴진 건 다 자라고 나서였다. 엄마는 가족에게 무척 헌신적이었으니까 실은 엄마를 잘 모르겠다는 걸, 가끔 엄마가 너무 멀게 느껴진다는 걸 인정하기 어려웠다. 인정할 수가 없었으니 뭐가 문제인지도 알 수가 없었다. 그저 엄마를 생각하면 가끔 기분이 이상했다.

엄마랑 진짜 이야기를 시작한 건 몇 달 되지 않는다. 그 몇 달은 참 말로는 설명할 수가 없다. 잊히지 않는 엄마의 표정들이 너무나 많다.

엄마는 나보다 십 센티가량 키가 작아서, 껴안으면 내 품에 쏙 들어온다. 엄마는 종종 나를 어떻게 대해야 좋을지 모르는 사람처럼 행동한다. 내 원룸에 그냥 놀러왔다가 집에 돌아가는 것일 뿐인데도, 나를 다시 못 볼 사람처럼 껴안는다. 그럴 때면 나는 어딘지 속이 상한다.

여자들끼리 모인 자리에서 엄마 이야기를 하면서 나처럼 느끼는 여자들이 의외로 많다는 걸 처음 알았다. 엄마가 어떤 사람인지 잘 모르겠다는 말이 여기저기서 흘러나왔다. 드라마에 나오는 흉금을 털어놓는 친구 같은 엄마와 딸 사이는 생각만큼 많지 않을지도 모른다는 생각이 들었다. 아버지와 수다를 떨 수 있는 아들을 흔히 볼 수 없는 것과 같다. 엄마를 싫어하기 때문이 아니다. 엄마를 싫어한다는 건 엄마를 너무너무 사랑한다는 뜻밖에 안 된다. 너무너무 사랑하는데, 묘한 것들이 사이에 쌓여서 다가갈 수가 없으니까, 화가 나는 것뿐.

이번 추석 때 처음으로 외가 친척들이 전부 있는 자리에서 엄마 생일 축하 파티를 했다. 파티라고 해봤자 케이크를 자르고 생일 축하 노래를 다 같이 부르는 정도이지만. 엄마는 생일이 추석 즈음이라서 늘 이런 생일은 안 좋다고 얘기했었다. 추석에 묻어가니까 축하를 크게 받을 수가 없다고 했다. 그러면서 나한테도, 너도 생일이 추석 즈음인 9월 말이라 별로라고 했다. 그 얘기를 거의 매년 했던 것 같다. 그러다 올해는 추석 다음다음날이 엄마 생일이라 그냥 친척들이 모두 모였을 때 생일 축하 파티를 하기로 한 것이다.

그런데 가볍게 시작한 생일 축하 노래에서 이런 기분을 느끼게 될 줄은 몰랐다. 생일 축하합니다 생일 축하합니다 사랑하는, 다음에 오는 말들이 이렇게 다를 줄이야.

늘 우리 가족 네 명이서만 엄마 생일을 축하하다보니 몰랐다. 이번엔 우리 아빠, 오빠, 새언니, 조카, 나, 외할머니, 외삼촌 네 명, 외숙모 네 명, 사촌동생들 여럿, 도합 스무 명이 다 모여서 부르는 생일 축하 노래였다. 덩치가 산만한 사촌동생 녀석들이 다 같이 부르는 노랫소리도 얼마나 컸는지 모른다. 박자를 맞추는 박수 소리도 얼마나 컸는지 모른다.

사랑하는 엄마의,
사랑하는 딸의,
사랑하는 누나의,
사랑하는 당신의,
사랑하는 할머니의,
사랑하는 고모의,

사랑하는 형님의,
생일 축하합니다.

관계 속의, 엄마.
노래를 들으면서 엄마는 눈을 깜박깜박했다. 그러고선 겨우 한마디,
여럿이서 축하해주니 기분이 다르긴 다르네, 했다.

케이크를 자르고 밥을 다 먹고 나서는 할머니가 나한테 엄마의 공
무원증을 보여주셨다. 엄마는 대학에 떨어지고서 생전 처음으로 무언
가를 열심히 해보았다고 한다. 그게 공무원 시험이다. 공무원증에 붙
은 흑백사진 속 여자아이는 스무 살이고, 지금의 나보다 열 살도 더
어리다. 여자아이는 또렷한 눈매를 가졌고 조금 긴장한 표정이었다.
나랑 어디가 닮았는지는 잘 판단할 수가 없었다. 할머니가 니네 엄마
예쁘지, 내가 지금도 이 사진 안 버리고 있다, 지금도 됐다가 가끔씩
꺼내본다고 말씀하셨다. 여자아이는 처음 해보는 사회생활이 설렜을
까, 어려웠을까. 동사무소에 오는 사람들은 사무를 보아주는 여자아
이가 친절하다고 생각했을까, 아닐까. 여자아이의 눈 뒤에 포기한 대
학생활에 대한 동경이 있는지 살펴본 적은 있을까. 또다른 꿈은 있는
지, 나중에 어떤 가정을 가꾸고 싶어하는지, 취미는 뭔지 궁금해하던
사람은 있을까.

올해 육십인 우리 엄마는 또래의 아줌마들에 비해 살도 별로 안 쪘다. 머리도 뽀글뽀글한 파마머리가 아니고 단발머리다. 우리 엄마는 얼굴도 되게 예쁘다. 나는 어렸을 때부터 내가 엄마를 닮았으면 참 예뻤을 텐데 하고 아쉬워했다. 내가 그러면 엄마는 늘 "아냐, 우리 딸 이쁘다" 했다. 나는 웃었지만 그 말을 진짜로 믿은 적은 없다. 엄마들이야 다 딸이 예뻐 보이는 거지 하고 말았다.

외가에서 먹는 명절 밥상엔 늘 해물탕이 빠지지 않는다. 외할머니가 고기보다 해물을 좋아하시기 때문이다. 엄마도 해물을 좋아한다. 나도 마찬가지다. 이렇게 다 이어지는 걸 생각하면 당연하지 싶으면서도 또 기분이 이상하다. 나는 이런 일에 관련해서는 감정을 뚜렷하게 표현할 수가 없어서 보통 기분이 이상하다, 라고만 한다.

○

햇빛 쫓아다니기

겨울에는 해가 빨리 진다. 인디밴드 보컬 나부랭이인 나는 직업상 스케줄이 없는 평일이 꽤 생긴다. 보통은 심심하니 백면서생 행세를 하며 방 안에 앉아 있다. 그렇지만 내게도 창밖을 보고 몸이 근질근질해질 때가 있는 것이, 이미 좀 어둑한 내 방이랑은 달리 저멀리 빌딩 유리창에는 낙원처럼 해가 비치고, 푸른 하늘 한구석엔 정체를 알 수 없는 흰 연기가 뭉게뭉게 피어오르는 것이다. 내 방은 아침나절에만 해가 들어서 오후가 되면 슬슬 침착한 분위기가 된다. 굳이 말하자면 "나 책 읽고 있었는데⋯⋯. 무슨 일이야?" 하고 부드럽지만 방해받고 싶지 않다는 투로 대꾸하는 소녀의 분위기에도 비유할 수 있다. 신비스러운 소녀를 좋아하는 개구쟁이 소년은 소녀에게 같이 매점에라도 가자고 하고 싶지만, '난 어떤가 물었더니 미안하지만 자기 취향이 아니라 하네'라는 노래 가사만 떠올라 눈앞이 하얘지고.

누군가를 만나고 싶어지기도 하지만 어차피 그 시간에 만날 사람이 많지는 않다. 평일 낮에도 놀아주던 친구들이 하나씩 건실한 직장인이 되어가더니 이젠 주말에만 시간이 되거니와 그마저도 이 주 전 예약이 필수다. 당일치기 연락을 하면 흥 뭐야 하는 듯한 반응이 돌아오기도 한다. 뮤지션 친구를 많이 만들어놓았으면 좋았을 것을.

나는 그럴 때 밖으로 나가서 해를 쫓아다닌다. 왜 '쫓아다닌다'라고까지 표현하느냐면 말 그대로 쫓아다니기 때문이다. 겨울 오후 네시 반 정도에 집을 나서면 방금 전에 횡단보도 건너편에 비치던 햇빛이 이미 한 백 미터 전방으로 도망간 것을 알 수 있다. 저쪽에 해가 있으니 그리로 걸어가면 되겠군 하고 신호를 기다렸는데 막상 건너기 시작하니 해가 또 저만치 물러서 있는 것이다. 무슨 놀리는 것도 아니고, 내가 식물은 아니지만 광합성을 하고 싶은 일념으로 추운 겨울 볼일도 없이 집밖으로 나왔는데, 하고 그때부터 기를 쓰고 쫓아다니게 된다. 멀리 보이는 건물에 해가 비치는 걸 보고 열심히 발을 놀려 걸어가보지만 헛걸음인 경우도 있다. 건물에만 해가 비치고 이미 그 앞 보도는 그늘인 것이다.

요행히 햇빛을 쫓아다니며 걷는다 해도 해를 등지고 있으면 별 감흥이 없다. 해를 마주하고 걸어야 한다. 그래야 지잉 하고 어쩐지 미간이 따뜻해지는 것 같고, 그렇지 바로 이거야 하고 녹아내리는 기분이 든다. 조금 센티멘털해지기도 한다. 봄이 언제 올지 절로 기다리게 된다.

경쾌하게만 보이지만 의외로 속깊은 구석이 있었던 소년에게 마음이 이끌렸다는 걸 뒤늦게 깨달은 도서관 소녀가, 봄이 되면 군복무를 마치고 돌아온다는 그를 기다리는 심정이랄까. 아니 군복무는 좀 긴 것 같기도 하고.

어제는 좀 느긋하게 햇빛을 쫓아다니고 싶어서 두시 정도에 집을 나섰다. 걷다보니 당인리 발전소 주변이었다. 이곳은 봄이 되면 줄지어 늘어선 벚나무로 가득해진다. 이마를 데워가며 느릿느릿 걷다가 벚꽃 소년을 보았던 날이 기억났다. 이번엔 비유가 아니고 정말로 있었던 일이다. 동네 언니 둘이랑 봄밤에 산책을 하던 때였다. 우리도 나름대로 꽃놀이를 한다고 벚꽃 앞에서 사진을 찍는다 뭐다 하면서 흥겹게 걸어가던 참이었다. 그때, 꽃놀이라면 이 정도는 되어야지 하는 듯한 광경을 목격하고 말았다.

검은색 교복을 입은 한 소년이 귓가에 벚꽃 가지를 꽂은 채 맞은편에서 걸어오고 있었던 것이다.

우리 세 명 다 입이 딱 벌어졌다.

표정도 어딘지 애상에 젖어 있고, 호리호리한 몸매에, 얼굴이 하얬다. 귀에는 이어폰을 꽂았던가 안 꽂았던가. 인위에 젖은 음악 따위가 아닌 속살거리는 바람 소리를 듣고 있었던가. 그러니까 바람 소리도 귀기울여 들을 듯한 그런 느낌이었다.

우리는 소년이 지나간 후에 봤어? 봤어? 하고 호들갑을 떨면서 감

○

탄했다. 우리도 얼른 벚꽃을 귀에 꽂고 걸어보았지만 따라 하는 일이
니 덜 흥겨운데다가 사람들이 마주 걸어오면 쑥스러워지기 십상이었
다. 부끄럽지 않아, 부끄럽지 않아, 하고 마음속으로 염불을 하고 있었
으니 벚꽃의 묘미를 느낄 수 있을 리가 있나.

　누나들이 졌어, 얘야…….

훼방 놓기에 좋은 날씨

날씨가 너무 좋아서 못 참고 또 집에서 탈출했다. 어째서 이렇게 좋단 말인가? 겨울에서 봄으로 넘어갈 때는 기묘한 기분이 들 때가 있다. 그렇게도 추웠던 건 일종의 고약한 농담이었던 것처럼. 비현실적인 햇빛, 비현실적인 다정함, 몇 달간을 붙잡고 진이 빠지게 노력하던 일들은 순식간에 낡아빠진 무언가가 되어버린 것 같아 얼빠진 기분. 그러니 새로운 걸 시작하라는 부추김이 주는 간지러움.

새로운 걸 시작하는 사람은 따로 있다. 그것은 내 동네 친구로, 얼마 전 있었던 소개팅에 눈이 번쩍 뜨인 채 도낏자루 썩는 줄 모르는 날들을 보내고 있다.

사실 소개팅은 아니었다. 주말에 친한 오빠를 만나다가 우연히 이 아가씨가 합석하게 되었고 그렇게 둘은 급속도로 친해졌다. 별로 의도치 않은 결과였는데 일이 그렇게 되었다. 그애는 우리가 동네 친구라는 점을 십분 활용해서 틈날 때마다 나한테 연애 상담을 했지만, 내가 뭘 알겠는가. 얕은 지식으로나마 힘닿는 대로 굿 포인트들을 조언해주었는데(이를테면 "발렌타인데이에는 초콜릿을 주렴") 이런 일이 있어서 경사스럽기 그지없다.

물론 이런 경사스러운 일에도 그림자는 있는 법이어서 조금의 쓸쓸한 일은 남아 있다. 친구가 데이트를 시작하니 나와 놀아줄 시간이 빛의 속도로 줄어들었기 때문이다. 이런 날에는 모름지기 샤랄라한 원피스를 입고 애인과 거리를 걷는 것이 제격이겠지만 나의 그는 녹음으로 바쁘다. 꿩 대신 닭으로다가 얘한테 연락했지만 '오빠야'와 경복궁 주변 미술관에서 열린 사진전을 보러 간다고 했다. 이럴 때는 훼방 놓고 싶은 마음이 간절해지는데 이것은 내가 특별히 사악하기 때문이 아니라 날씨 때문이다.

지금 둘이 〈황조가〉에 나오는 꾀꼬리처럼 암수 서로 정답게 있을 일을 생각하니 입가에 웃음이 비직비직 새어나온다. 둘 다 나로서는 오래 봐온 사람들로, 너무나 편한 사이다. 둘의 이성으로서의 면모 등등은 내 머릿속에서는 뚜껑 따놓은 소주에서 알코올 날아가듯 휘발된 상태라고 할 수 있다. 그런데 굳이 지금 둘이 '나 남자임' '나 여자임' 하는 표정을 짓고 있을 것을 상상하면 그들의 남성성과 여성성을 존중하지 않는 것은 아니면서도 실례지만 조금 귀엽게 느껴지는 걸 숨길 수가 없다. 나이 차이가 많이 나는 막내가 연애를 시작하는 것을 볼 때 이런 기분일까? 친구의 사투리를 따라 하며 아이고 그래 데이트 하드냐, 하면서 낄낄거리면 애는 "니도 연애하고 있잖아. 내가 하면 연애고 남이 하면 불륜이가?" 하고 버럭 화를 낸다. 참 여자 성질 하고는, 누가 데려갈는지. 혹시…… '오빠야'가?

우리 닭 아가씨가 보고 싶다. 그 성질을 부리며 꼬꼬댁 하는 양을 보아야 하는데. 둘이 빨리 확실하게 잘됐으면 좋겠다. 그래야 둘이 놀 때 내가 마음 편하게 낄 수 있기 때문이다. 눈치 없게 끼었다는 눈총을 즐기는 순간을 얼른 맞이하고 싶다.

참, 친구가 다녀온 사진전은 청춘남녀의 순간들을 잘 잡아내기로 유명한 라이언 맥긴리의 전시였다. 내가 받은 초대권을 넘겨주었다. 청춘남녀의 순간이라니 데이트하기 딱 좋겠군 하고. 그런데 나중에 들은 친구 말로는 청춘남녀의 순간이 맞긴 한데, 사진 속 모델들이 워낙에 옷을 안 입고 청춘을 보내고 있었다고 한다. 그는 누드사진을 즐겨 찍는 작가였던 것이다. 오빠한테 그 전시에 가자고 한 내가 뭐가 되냐며 친구가 또 성질을 부렸다. 그날 둘의 데이트를 떠올리면 또 혼자 낄낄거리게 된다. 헛기침만 하고 있었을 이 신생 커플이여.

○

경쟁자

가을방학 1집이 나오고 얼마 후였던가. 어떤 기자가 나한테 물어보았다. 부러운 여자 보컬 있어요? 잠깐 생각해보다가 없다고 대답했는데 꽤 마뜩잖은 눈빛이 돌아왔다. 기자는 내 대답이 가식적이라고 여겼던 모양이다. 세상에 훌륭한 여성 보컬이 별처럼 많은데 부러운 사람이 없다니. 물론 나한테도 정말이지 훌륭하다고 생각되는 보컬은 많다. 그런데 그다지 부럽지는 않다. 중학교 때 같은 반 친구였던 주근깨 소녀가 했던 명언이 있다. "나는 이상하게, 진짜 예쁜 애들은 별로 안 부럽고, 나랑 비슷한데 나보다 조금 더 예쁜 애들은 그렇게 부럽더라." 다시 말해 나도 그렇게 될 수 있다는 가능성이 조금은 있어야 부러운 마음도 생기는 것 같다.

내가 아무리 노력해도 피오나 애플의 거칠고 중후한, 절망에 빠진 목소리가 나오지는 않는다. 심지어 내가 진짜로 절망에 빠져 있을 때도 그런 목소리는 나오지 않는다. 내가 어떤 난리를 쳐도 이선희의 목소리와 같은 탱글탱글한 윤기는 가질 수 없을 것이다. 그런 건 연습으로 되는 게 아니다. 지문처럼 타고나는 부분이 너무 많으니까.

노력을 한다 해도, 목소리를 구성하고 있는 미묘한 요소들은 마치 도미노 같아서 한 가지 요소만 업그레이드 시킬 수는 없는 게 아닐까 생각한다. 성량을 늘리려고 열심히 목청을 키우다보면 목소리에 고음이 많아져서 카랑카랑해진다거나, 부드러운 음색을 강화하려고 비음을 많이 섞으면 저음이 사라지면서 붕 떠버린다거나. 이런 건 사람마다 다를 것이라 꼭 어떻게 된다고 잘라 말할 순 없고, 이론적으로 어떻다고 설명할 수도 없지만, 말하자면 그렇다는 소리다. 사소한 한 가지를 바꾸려고 했다가 정말 중요한 다른 것이 변해버릴 가능성도 배제할 수 없으니 조심스러워진다. 바뀌면 그것대로 좋을 수도 있지만 말이다.

목소리를 구성하는 또하나의 중요한 요소는 내 생각엔 태도다. 라이프스타일, 혹은 세계관 또는 성격. 긍정적인 태도를 가진 사람은 천사 같은 목소리로 노래를 하고, 부정적인 태도를 지닌 사람은 거친 목소리의 록커라는 말이 아니다. 긍정성과 부정성이라는 좌우 두 방향이 있다기보다는 희로애락의 동서남북 네 방향과 발산 및 절제의 아래 위 두 성향이 모두 작용하는 게 아닐까.

이를테면 미카는 온 무대를 방방 뛰어다니면서 노래한다. 노래의 쾌

활함과 재치는 꼭 귤 알갱이가 톡톡 터지는 것 같다. 아마 이 양반은 우울증에 걸릴지라도 마음 깊은 곳에서는 우쭐대며 걷는 발랄한 십 대 후반 남학생 같은 면이 있을 것이다. 반대로 폴짝폴짝 춤을 추면서 노래하는 이소라는 떠올리기 쉽지 않다. 막상 보면 댄스와 이소라도 꽤 잘 어울릴지도 모르지만 내 취향으로는 아무래도 이소라 노래 본연의 매력은 댄스보다는 처연하고 조용한 열정에 더 가까이 있다. 이소라는 스스로 우울할 때가 많다고 공연에서 직접 밝힌 바 있는 걸로 안다.

브로콜리 너마저의 〈앵콜요청금지〉를 불렀을 때, 나는 스스로가 바닥에 있다는 것을 모른다는 점에서 정말로 바닥에 있었던 시절이었다. 거의 언제나 목이 메는 듯한 느낌이랄까. 그때 받았던 '절제한다'라는 평은 아마도 적절하지 않았나 싶다. 나는 의식적으로 절제한 적이 없으나 의식보다 훨씬 강한 힘으로 꽉 묶여서 갑갑해하고 있었다. 그러니까 그 노래 가사처럼 정말로 '안 돼요' 하는 기분이었겠지. 의식하든 의식하지 않든, 노래할 때는 진짜가 나온다. 진짜가 나오지 않는다면 그건 지나치게 노력한 탓에 몸이 긴장해버렸기 때문일 것이다.

그러니까 결국은 성격 자체를 뜯어고치지 않는 이상 내가 가지지 않은 것을 가질 수는 없다고 생각한다. 나 아닌 그들의 감정적 폭발력, 빛나는 생기, 멋들어진 카리스마, 눈웃음치는 듯한 애교, 그 모든 가치들을 내가 아름답다고 여기지 않는 것이 아니다. 사랑스럽다. 다만

내 것이 아닐 뿐. 그게 내 것이 아니라는 게 아쉽기는 하지만 또 엄청나게 비극적인 일은 아니지 싶다. 목소리 미덕 은행 같은 곳에다가 이것저것 차곡차곡 쌓아놓고 필요할 때마다 꺼내 쓸 수도 없는 노릇 아닌가. '야성적이면서도 섬세하기' '청순하면서도 섹시하기'가 어렵듯이 그런 건 현실적으로 힘들지 않을까. 근본적으로 성격을 고치는 일은…… 아아, 그게 되던가.

이렇게 여러 가지 면을 종합해보면 나는 내가 즐겨 듣는 수많은 여성 보컬들을 전연 따라 할 수 없다는 결론이 나온다. 내가 더 발전한다 해도 내 범위 안에서일 뿐이다. 얼마나 편안한가. '아무리 노력해도 안 되는 건 안 된다'니.

줄리아하트

누군가의 팬이 되는 것은 나에게 잘 일어나지 않는 일이다. 밤 열시에 잠들어서 새벽 다섯시에 일어나 한 시간씩 조깅을 하며 마주치는 동네 사람들에게 부드러운 미소를 건네는 생활을 한 달 이상 지속할 확률과 비슷하다. 눈이 높아서는 아니고, 단순히 한 사람의 모든 흔적을 모으는 일에 취미가 없어서다. 아무리 배우 조셉 고든 레빗이 좋아서 입을 헤벌리고 영화를 보았다고 한들 그가 직접 감독한 영화는 쉽게 찾아보게 되지가 않는다. 배우가 감독한 영화는 그 배우의 새로운 면모를 볼 수 있는 절호의 기회인데도 말이다. 아무리 밴드 러브 사이키델리코가 좋다고 한들 앨범을 다 찾아 듣지는 않는다. 사진도, 연주 영상도, 인터뷰도 안 찾아본다. 그러니까 '누가 연기한 무엇' '누가 연주한 무엇'에서 '누가'는 내 사전에 별로 없고 '무엇'들만 망망대해의 조각배처럼 내 머릿속을 둥둥 떠다니고 있다고 할 수 있다. 저야 이렇지만 부디 가을방학을 좋아해주시는 분들은 '누가'에 심히 초점을 맞추어주시길 부탁드립니다.

그런데 줄리아하트의 경우, 정규 앨범으로만 그것도 다섯 장이나 되는 앨범들을 그리도 열심히 들었으니 나처럼 심심한 인간으로서는 참으로 선전했다고 볼 수 있다. 그중에 더 자주 들은 앨범도 있고 덜 들은 앨범도 있지만 나한테는 한 아티스트의 앨범을 두 장 이상 꾸준히 듣는 일이 거의 없다는 점을 고려하면 꽤 의미가 있는 일이다. 줄리아하트의 홈페이지도 찾아보았다. 선후배 사이지만 서로 모르는 채 학교에 다닐 때는 정바비와 같은 수업을 듣는 친구에게 "정바비 어때?"라고 물어보기까지 했다. 그 수업에 들어가보는 것까지는 하지 않았지만. 만약 들어가보았다면 나를 과연 심심한 인간이라 할 수 있겠는가. 참고로 내 질문에 대한 친구의 대답은 "뒤에 앉아서 뭔가를 쓰다가 가끔씩 이상한 소리를 해"였다.

그렇게 열심히 듣는다 해도 역시 나는 나라서, 바비 앞에서 말할 때 지금껏 나온 정규 앨범의 개수를 헷갈려버린다거나, 줄리아하트 멤버인 주식씨 앞에서 기껏 새 앨범 노래 멜로디를 흥얼거리면서 "이 노래 참 좋아요" 말해놓고는 제목을 잘못 말한다거나 하는 실수를 한다. 앨범 들을 때 제목은 잘 보지 않기 때문에. 누군가가 "가을방학 너어무 좋아해요"라고 해놓고선 노래 제목을 잘못 말해도 나는 겉으로나 속으로나 그를 그다지 책망하지 않는다. 줄리아하트 쪽에서도 그럭저럭 넘어가주었으면 좋겠지만, 글쎄 어떨는지.

줄리아하트 노래를 한창 들을 때는 늘 봄이나 여름이었던 것 같다. 그 계절에 어울리는 음악이다. 이를테면 저녁 여덟시쯤 구민회관에서 수영을 하고 아홉시 반에 타박타박 걸어서 집에 돌아오는 길에 들었다. 1집의 시원스런 기타 선율이 흐르고, 공원을 가로지르는 길의 공기에선 나무 냄새가 나고, 낮의 더위는 한풀 꺾여 살갗에 닿는 바람은 선선하고, 운동을 해서 몸은 가뿐했으며, 멜로디나 가사는 다 푸르렀다. 그런 기억이 있다. 그때 나와 바비는 일면식도 없었지만 그는 분명히 나에게 영향을 미쳤다.

줄리아하트의 공연에 다녀왔다. 바비는 가을방학을 할 때 늘 내 옆에서 연주하고 있기 때문에, 연주하는 그를 관객석에서 보면 새삼 저렇게 생긴 사람이구나 싶을 때가 있다. 저런 표정으로 노래를 하고 저런 동작을 하고 저런 멜로디로 가을방학에서는 절대 안 쓸 '언제까지나 키스―할 거야―' 같은 가사를 쓰는구나, 하면 마음이 조금 찡해진다. 찡해진 마음과 오래 서 있어 아픈 다리로 바닥에 쪼그리고 앉았다. 덕분에 사람들 다리밖에 안 보였지만 음악에 집중하기엔 좋았달까. 이런 것도 스탠딩 공연의 묘미라고 할 수 있을지도 모르겠다.

그건 그렇고 왜 나에게는 '언제까지나 키스―할 거야―' 같은 가사는 주지 않는단 말인가? 나한테는 그런 가사가 어울리지 않는다고 생각하는 것일까?

○

공주님°

영국 밴드 트래비스로 말할 것 같으면 참 오래도 들었다. 자랑이라면 트래비스가 내한 공연을 한 록페스티벌에서 같은 날 공연한 적이 있다는 게 또 자랑이다. 내가 선 무대는 트래비스가 선 큰 무대가 아닌 작은 무대이긴 했지만.

트래비스를 알게 된 건 대학 때 동아리에 있던 친구가 소개해준 덕이다. 내가 대학에서 사귄 친구는 꼽아보면 다섯 명 정도인데 그나마도 두 명은 이제 거의 연락하지 않는다. 그녀는 그중 거의 연락하지 않는 한 명이다. 지금은 프랑스에 있기 때문이다. 둘 다 소식을 자주 조곤조곤 전하는 타입이라고 할 수는 없지만 그녀가 한국에 돌아올 때면 늘 한 번은 보았다.

우리는 매일 수업이 끝나면 지치고 짜증나고 무료한 표정으로 교정의 벤치나 바위 위에 앉아 있었다. 그녀는 입술 밑에 뚫은 피어싱을 혀로 만지작거리고, 나는 자판기 커피를 홀짝거리다 간간이 심사가 배배 꼬인 농담을 했다. 둘이서 말을 많이 했던가? 그저 뚱하게 앉아만 있었던 적도 많다. 둘의 가장 다른 점은 그녀는 꾸준히 공부를 했다는 것이고 나는 코뚜레에 꿰인 소마냥 질질 끌려다니며 학점을 채워나갔다는 것이다. 목소리가 웅웅 울리는 커다란 학생식당에서 그녀는 자기는 반드시 유학을 가서 이 나라를 떠버릴 거라는 말을 했었다. 실제로 영어고 학점이고 충실히 관리했다. 회색의 높다란 도서관에서 무기력한 표정으로 걸어나오던 그녀가 떠오른다. 우리가 전화로 가장 많이 한 대화는 다음과 같다.

"어디야?"

"중도(중앙도서관)."

"커피?"

"어."

그렇게 둘이서 맛없는 커피를 홀짝거리고 있을 때 그녀가 알려주었다. 백양로에 햇빛이 비칠 때 트래비스의 노래를 들으면, 정말 부드러운 기분이 된다고.

그 말대로 해보았는데 정말이었다. 그뒤로 그 노래만 들으면 교정의 햇빛이 떠오른다. 내 옆을 삼삼오오 지나가던, 나와는 아무 관계없던 사람들도.

○

그녀는 공주님 같은 데가 있었다. 신입생 오리엔테이션 할 때였다. 그녀는 검은색 땡땡이가 박힌 초록색 스카프를 하고 있었다. 가만히 있었는데도 눈에 띄었다. 어딘지 들떠 있고 어딘지 불안해하는 아이들 속에서 그녀는 홀로 유리벽 안에 있는 것 같았다. 아무도 집에 가고 싶어하지 않고 3차건 4차건 술독에 풍덩 빠지는 사람일수록 더 쿨해지는 것 같은 분위기에서 그녀는 잠깐 있다가 일어나서 집으로 가버렸다. 사람을 가렸지만 언제나 주변에는 그녀에게 말을 걸고 싶어하는 사람들이 있었다. 재미있지 않은 농담에도 까르르 잘 웃었지만 본인이 농담을 하는 경우는 거의 없었다. 많은 사람들이 그녀의 웃음소리를 듣고 싶어했다. 누군가가 엠티 때 찍어준 사진 속에서 그녀는 분홍색 후드티에 짧은 치마를 입고 환하게 웃고 있었다. 바다를 뒤로하고 곱슬머리가 바람에 날리는 채로.

나는 그녀가 좋았고 부러웠다. 무엇이? 모든 것이. 부러움이란 그런 것이다. 내 부러움의 실체를 파보면 거기에는 부러워할 이유가 없으나 순간에 사로잡힐 때는 상대의 모든 것이 부러워진다.

아마도 그 시절 그녀의 내면은 부글부글 끓고 있었을 것이다. 예쁘게 웃었지만 속에는 무언가가 잘못 건드려지면 폭발할 것 같은 위험이 있었다. 실제로 그녀는 몇 번 위험한 상황으로 자신을 몰고 갔다. 그녀는 말했다. 그러고 나면 아무것도 기억이 나지 않아. 그런데 주변에 물건이 다 깨져 있어.

교양 수업에서 그녀가 캠코더로 찍어 제출한 과제 영상은 별달리 시간을 들이지 않은 결과물이었다. 내레이션은 본인의 목소리였고 별다른 줄거리도 없었다. 그러나 짧은 영상의 파편을 묘하게 이어놓은 그 작품에는 그녀 자신이 살아 있었다. 까다로운데다 내키는 대로 행동하는 것 같으면서도 실은 어딘가에 꽉 눌려 있던, 스스로도 그것이 무엇인지 알 수 없어 가슴이 터질 것 같던 그녀, 자신. 청춘 그 자체와도 같은. 그 영상이 내게 있다면 지금 다시 한번 보고 싶다. 지금도 그때와 같이 느끼는지 궁금하다. 나는 영상을 보며 어딘지 가슴이 먹먹했던 그때의 내가 보고 싶은 것이다.

나도 그랬지만, 그후로 그녀 또한 자신의 시간을 많이 보냈다. 미국에서 박사학위를 따고 잠시 귀국한 그녀를 재작년엔가 만났다. 그녀는 최근엔 취미로 그림을 그린다고 했다. 그리는 대상은 몇 달째 한 가지였다. 사람의 척추뼈. 세밀하게, 더 세밀하게, 자신이 보고 있는 작은 모형의 모든 점을 완전히 볼 수 있을 때까지, 몇백 장이고 그린다고 했다. 시각 인지과학을 전공한 학자다웠다.

모두가 볼 수 있지만 제대로 볼 수 있는 사람은 많지 않다. 컵의 틈새에 있는 음영이 컵에 따라 얼마나 짙은지 혹은 연한지, 노을 질 때 구름 색깔이 어제와 오늘 어떻게 다른지, 매일 보는 사람의 코나 입매의 선이 어떻게 구부려져 있는지, 의식하지 않으면 눈으로 보지 않는다. 머릿속에 이미 있는 기억 속 영상으로 본다.

척추 같은 건 난 손으로 볼래, 남자 등에 있는 것으로, 하고 나는 같지도 않은 농담을 했다. 그녀는 대학 때처럼 까르르 하고 웃었다.

문득 생각나서 그녀의 홈페이지에 접속해본다. 몇 년째 들어가보지 않았는데 용케 주소가 기억났다. 페이지는 열리지 않았고 포털의 홈으로 자동 연결되었다. 포털 홈에는 이벤트중인지 '김해선 나 너 좋아하는 것 같아'라는 누군가의 개인 광고가 걸려 있었다.

○

남자라서 좋은 것°

남자로서의 삶이 부럽다고 생각했던 적도 있지만 기본적으로는 딱히 그렇게 생각하지는 않는다. 각기 주어진 게 다를 뿐이겠지만 남자의 삶도 참 쉽지 않은 것 같아서 그렇다. 이를테면 지금은 많이 달라졌다고 해도, 보통 결혼하면 남자가 한 가정의 경제를 기본적으로 책임져야 한다는 관념이 있다. 기쁨이라고 하면 기쁨일지도 모른다. 그렇지만 다른 사람의 생존이 그 한몸에 달렸다는 건 얼마나 무거운 일일지. 물론 아내의 어깨에도 엄청나게 많은 것들이 실리지만 한쪽이 괴롭다고 해서 다른 한쪽의 괴로움이 덜해지는 건 아니니까.

일본에 이런 내용의 광고가 있었다고 한다. 도로에는 폭설, 옆에는 아내가, 뒷좌석에는 아이들이 곤히 자고 있다. 남자는 운전석에 앉아 차들로 꽉 막힌 길을 바라보며 생각한다. '나는 뭘 위해서 이렇게 열심히 하고 있는 거지. 잘은 모르겠다. 그렇지만…… 내일이 있다. 열심히 하자. 내일이 있다.' 나는 이 광고의 내용을 글로 읽기만 했는데도 좀 짠해지는 게 있었다.

아버지가 떠올랐기 때문일지도 모른다.

우리 아버지는 완벽하지는 않지만 나는 아버지가 열심히 했다고 생각한다. 애써왔다는 것만큼은 아버지 스스로도 어깨를 펴고 말할 수 있을 것이다. 그게 파울로 코엘료 계열의 자유영혼주의자들이 최고라고 인정하지는 않는 방식일지라도 그렇다. 분명히 『달과 6펜스』에서처럼 '진정한 자신'이 되는 데 걸리적거리는 세속적인 것(이를테면 가정)은 에라잇 하고 걷어차버리고 타히티로 떠나버린 것 같은 방식은 아니었다. 아버지는 고지식하게, 골치를 썩어가면서, 열심히 했다. 그렇게 아버지는 나이가 들었다. 그리고 아직도 분투중이다.

삼십대.

육십대.

한 세대.

하고 싶은 것을 하고 산다는 것.

아버지가 아직도 분투중인 이유 가운데 하나는 당신이 '마음 약하디약한 딸아이'가 '저 하고 싶은 거나 하고 살 수 있게' 도와주고 싶어하시기 때문이다. 아무리 괜찮다고 말해도 소용없었다. 당신 자신은 평생 일만 하느라 티브이 보는 것 말고는 이렇다 할 취미 하나 가지지 않았으면서.

○

'아아, 그래도 너희가 있으니까' 하고 물끄러미 자식들을 바라보면서 하고 싶은 걸 하나둘씩 접어가는 삶을 내가 살아간다고 생각해보니, 도저히 상상할 수가 없다. 아버지가 말한 대로 나는 '괴팍한데다 제 좁은 소견만 고집부리는 녀석'이기 때문인지도 모른다.

아버지는 내가 당신 입장에서 정상적인 삶을 살아갔으면 하는 기대를 버린 적이 없었다. 고등학교를 졸업하고, 법이나 뭐 그런 걸 전공하고, 대학을 졸업하고, 번듯한 기업에 취업하고, 아무리 늦어도 스물아홉에 시집가고, 아이는 둘쯤 낳아서 기르기를.

그러니 내가 고등학교를 졸업하지 않겠다고 했을 때 그렇게 놀라셨을 것이다. 당시 내가 별달리 험악한 일을 겪은 건 없었다. 보통 학생이었다. 다만 고등학교에 계속 다녀야 하는 이유를 찾지 못했을 뿐. 나는 아버지의 고집을 꺾지 못했다. 그렇게 고등학교를 졸업했지만 돌아봐도 역시나 딱히 안 다녀도 됐을 것 같다. 학과목을 배운다는 실용적인 이유에서만은 그렇다. 학원은 남아돈다.

그렇지만 다른 차원의 이유에 대해서는 아버지의 주장을 알 것도 같다. 아버지가 설명해준 기억은 없지만 그 이유란 심리적인 차원의 것이다. 갑자기 남아도는 시간과 에너지를, 과연 사춘기의 내가 주체할 수 있었을까에 대해서는 자신이 없다. 스스로 모든 시간을 운용하는 기술은 한 번에 배울 수가 없다. 아무데도 속해 있지 않다는 느낌이 곧바로 독립성으로 이어진다는 보장도 없다. 보통 야무지지 않으면 슬슬 표류해가기 십상이다. 뗏목처럼 표류해가기 쉬운 경향이 내게 있다는 것을 나는 꽤 뒤늦게 알았다. 지금이야 낑낑대고 강둑에 뗏목을 잡아매겠지만. 열아홉 살의 내가 겉으로는 콧대를 높게 세우고 있어도, 속으로는 하루해가 뜨고 지는 걸 마음 깊이 불안해하며 지켜보는 모습을 잘 상상할 수 있다.

모른다. 어쩌면 이삼 년쯤 방황의 시간을 보내고 지금보다 세 배쯤 강한 인간이 되었을지도. 누구의 선택이 옳았는지는 모른다. 다만 아버지의 일관된 주장은, 가능한 한 내 자식이 위험을 감수하게 만들고 싶지 않다는 것이었다. 당연히 그후로 나는 위험을 감수하는 선택을 몇 개쯤 하면서 아버지의 기대를 거슬러왔다.

그렇게 스스로의 삶을 살아서 즐거웠던가 생각해보면 한마디로 표현할 수는 없다. 아마 자신의 삶에 대한 아버지의 기분도 마찬가지이지 않을까.

○

지혜

가을방학의 노래 중에 〈지혜〉라는 곡이 있다. 그 곡은 정말 얼마나 무던히도 나를 괴롭혔는지 모른다. 그렇게 강렬한 거부감을 느낀 것은 처음이었다. 내가 왜 그 노래를 녹음한다고 했는지 알 수가 없다. 녹음 들어가기 전엔 배 속 어딘가가 꽉 막힌 것처럼 갑갑했다. 현악기들까지 '비싼 연주자(내가 쓴 표현 아니다. 프로듀서인 병훈 오빠가 그랬다)' 써서 반주를 다 녹음해놨는데 이제 와서 발 동동 구르며 징징거릴 수는 없었다.

그렇게 셀프 코뚜레를 꿰어가지고 비실비실 녹음실로 들어갔지만, 결과적으로 〈지혜〉는 내가 참 좋아하는 노래 중에 하나가 되었다. 나는 내 노래는 잘 듣지 않는다. 워낙에 자주 부르니까. 그런데 방금 들었다. 오전 열한시 늦가을 햇살 속에서 듣는데 참 노래도 햇빛도 따뜻했다.

이 곡을 부르기 싫었던 건 곡에 묘사된 소녀 지혜 때문이다. 지혜의 아픈 부분은 내 마음 한구석과 그대로 닮아 있었다. 생각만 해도 부끄럽고 화가 나는 지점이 가사를 읽을 때마다 건드려졌다. 꾹.

지혜는 학교에 가기 싫었다. 그래도 갔다. 그래놓고선 졸업식 때는 제일 오래 교문을 뒤돌아보는 아이였다. 계속 있기도 싫지만 정이 들어버려서 떠나기도 싫다. 이러지도 저러지도 못한다는 게 포인트다. 가사에 구체적으로 나와 있지는 않지만, 짐작하건대 공부도 열심히 하지 않지만 썩 놀지도 않는 부류였을 것이다. 불만은 많지만 적극적으로 고쳐나갈 의욕은 없다. 이게 공부에만 적용되면 다행인데 당연히 그럴 리가 없다. 확신은 없는데 안 가기는 무서우니까 대학은 간다. 무슨 일을 하고 싶은지는 모르겠는데 취업 준비를 안 하면 나중에 후회할까봐 일단 토익 점수는 만들어놓는다. 같이 있으면 크게 즐겁지는 않은데 혼자 있으면 외로우니까 남자친구는 사귄다. 그래놓고 헤어지면 누구보다도 더 길게 운다.

요약하면 이거다.

'왜 즐기질 못하니, 왜 놓지를 못하니.'

스스로에게 골백번도 더 물어보지만 알 수가 없었다. 왜 그렇게 못하는지 이해가 가지 않았다. 무기력, 스스로에 대한 책망, 시야는 온통 흑백, 다른 사람들은 전부 컬러 속에 살고 있는 것 같지. 저녁에 하는 시트콤을 보면 등장인물들은 인생을 달콤하게도 맵게도 만드는 사건들로 살고 있는 것 같은데 내 인생은 바보멍청이. 정말로 무언가를 즐길 수 있는 순간은 너무나 짧고 그만큼 빛이 난다. 섬광이 지나가고 길고 긴 음소거 상태가 지속된다. 귓속에서 이명이 삐, 들린다.

쓰고 나니까 참 평범한 괴로움이다. 그렇지만 평범한 괴로움이라고 해서 괴롭지 않은 것은 아니다. 지혜야, 뭘 또 돌아가고 싶은 순간이 있니, 이제 그만해 이 멍청한 지지배, 하는 심정으로 축축 처져서 우울하게 부르고 있었다.

그러다 컨트롤룸에서 듣고 있던 병훈 오빠가 해준 말이 많은 걸 바꿔주었다. 이렇게 얘기하더라.

"계피야, 내가 보기에는 지금 지혜는 고통스러운 시기를 이미 지나 있는 거야. 이미 지나 있는데 자기가 그걸 모르고 있어. 예전의 감정을 계속 붙잡고 있는 거야. 예전 일을 그렇게 솔직하게 말할 수 있다는 건 사실 지혜가 원래는 밝은 애라는 거거든."

나는 놀랐다. 순간적으로 어떤 섭리가 병훈 오빠의 몸을 입고서 이야기하는 것 같았다. 그럴 때가 있지 않은가. 어떤 중요한 메시지가 너무나 일상적인 일을 통해 전해질 때. 그 일상성과 메시지의 섞임이 놀랍고 눈부실 때. 말 한 글자 한 글자가 천천히 울렸다.

이미 지나갔어. 네가 모르고 있을 뿐이지. 그러니까 그럴 필요가 없어. 괜찮아.

노래를 여러 번 되풀이해 녹음하면서, 나는 이상하게도 지혜를 사랑하게 되었다. 천천히 달라졌다. 한 번의 테이크와 다음 테이크 때의 마음이 점점 달라졌다. '왜 즐기질 못하니, 왜 놓지를 못하니'가 더이상 책망이 아니라 가만히 잡아주는 손이 되었다. 나는 지혜의 언니가 되었다. 응, 돌아가고 싶은 순간이 있구나, 그렇지만 돌아갈 수가 없구나, 그렇구나.

그렇구나, 라는 말은 얼마나 여러 가지 감정으로 표현할 수 있는 말인지.

〈지혜〉의 마지막 가사는 이렇다.

'안경을 밟아 깨뜨린 순간 문득 선명했던 창밖의 풍경'

안경이 없으면 안 보일 줄 알았는데 맨눈으로 본 창밖은 오히려 정말로 아름다웠어, 하고.

컨트롤룸에서 오케이 사인이 오고서 나는 한 번 더 부르겠다고 했다. 부르다가 아아 이 테이크는 망했군, 싶어지자 나는 그때부터는 나를 위해서 부르기로 마음을 먹었다. 그렇게 마음을 먹자마자 목이 메었다. 노래를 부를 수가 없었다. 히끅히끅 우는 소리를 내면서 부르면 부끄러우니까. 헤드폰에 가득 울리는 사랑스러운 악기 소리라도 더 듣고 싶었는데, 내가 노래를 멈추니 잠시 후 밖에서 반주를 껐다. 영화였다면 반주는 계속 흐르는 가운데 여자주인공은 엉엉 울고 컨트롤룸에 있는 사람들(과 관객들)은 맘이 짠해지겠지만, 글쎄 이건 영화가 아

○

니니까. 난 뭐 그렇게 예쁜 소리를 내면서 울지도 않으니까.

부스의 문을 열고 나오자 바비가 컨트롤룸에서 고개만 쏙 내밀더니 좀 어색한 말투로 "수고했어"라고 말했다.

이것이 내가
사랑의 시작이라고 부르는
감정이었던가

가슴이 아파, 가슴이 아파.

— 잘 관찰해보아라

창밖을 바라볼래. 햇빛이 화사해. 바람에 나뭇가지 그림자가 흔들리
는데, 나는 그때, 그 밤에 달렸던 때가 너무 생각나. 그 시간이 다시
나를 습격하는 것만 같아서.

— 잘 되돌려보아라

이상하잖아. 왜 가슴이 아프지. 이상하잖아. 나는 이런 감정이 들면
안 돼. 그러고 싶지가 않아.

— 잘 관찰해보아라

코끝이 시큰해서 얼굴을 가리고 싶어. 숨이 얕아지고 가슴이 먹먹하고, 이런 게 싫어서. 아니 이런 게 좋아서. 이 뒤에 왔던 것들을 기억한다. 그게 무엇이었던가, 무엇이었던가.

— 모든 것은 조건에 의해 생긴다

조건. 조건반사. 뺨을 후려치는 듯, 한마디에, 그 목소리에, 갑자기 정신이 번쩍 드는 것처럼 감정에 휩싸이고 마치 그때의 시간이 아름다웠던 것처럼 느껴지는 게.

— 모든 것은 조건에 의해 생긴다

물 위에 뜬 공처럼 감정과 함께 있네. 나는 공이고 감정은 물이어서 나는 감정을 어떻게 할 수 없네. 뜬 채로 흐르기만 하려고 하네.

— 물 위에 뜬 공처럼 하라

싫어요, 붙잡고 싶은데요, 붙들고 싶은데요, 이런 감정만이 정말로

○

가슴을 뛰게 했었던 것만 같아요.

— 물 위에 뜬 공처럼 하라

흐르다보면 어느덧 다른 감정 위에 떠 있게 된다고 했다. 물은 흐르지 않을 수 없듯, 한순간도 같은 자리에 있지 않 듯, 그렇게 뜨거운 바다와 찬 바다가 이윽고 만나듯, 뜨거움이 언제 그랬냐는 듯 식어버리듯, 혹은 차가웠다가도 거짓말처럼 뜨거워지듯.

— 물 위에 뜬 공처럼 하라

그리고 그것은 사실이었던 것 같아. 사실이었지. 그런데 왜 자꾸 잊지, 왜 자꾸 잊어버리게 되지.

— 모든 것은 조건에 의해 사라진다

사라졌었지, 사라졌었지, 사라졌었지. 감정의 조절은 실패한다. 무엇이든, 언제나 사라졌었지.

— 잘 관찰해보아라, 잘 기억해보아라

미움으로 들끓던 시간들. 짐승 같다는 게 무엇인지 알게 된 순간. 그때 네 눈이, 내가 사랑을 느꼈던 그 눈이었던가, 같은 눈이었던가, 같은 사람의 눈이었던가.

— 모든 것은 조건에 의해 사라진다
그러나, 그래도, 어쩌면.

— 모든 것은 조건에 의해 사라진다
슬픔. 반짝이는 햇빛도 슬프게 느껴지는 것. 그냥 무조건 앞으로 달리고 싶어서, 그냥 무조건 네가 웃는 얼굴을 보고 싶어서. 아니 네 우는 얼굴을 보고 싶어서. 네 비밀, 네 가장 안쪽에 가보고 싶어서.

— 잘 관찰해보아라
바람이 분다. 나는 가만히 있는데 그림자는 자꾸만 흔들리고, 바람이 부는 것은 막을 수가 없었다.

— 잘 관찰해보아라
이것이, 내가 사랑의 시작이라고 부르는 감정이었던가.

○

프리즘 °

네 방에서 몇 번이고 같은 노래를 듣는다. 방 안에 네 체취가 가득이다. 언제나 네 체취를 좋아했다. 너는 나가고 없다. 네 침대에 누워서그 사람을 생각한다. 노래가 끝난다. 다시 재생 버튼을 누른다. 아까와 같은 목소리가 흘러나온다. 어릴 때는 사람 사이에는 연애를 한다하지 않는다는 걸로는 잘라 말할 수 없는 감정들이 오간다는 것을 몰랐다. 좋아한다 좋아하지 않는다로는 결정할 수 없는 감정이 서로 간에 펼쳐진다. 프리즘 속 색들처럼, 흐릿하고도 눈부신 경계를 띠고. 한사람의 목소리라도 발음에 따라 한 음절 한 음절 미묘하게 음색이 달라지듯이. 어쩌면 당연한 일이다. 그런데도 나는 머릿속에 선을 긋고눈을 감았지. 이걸 그 시절에 알았다면 아마 나는 세상과 훨씬 더 많은 연애를 하지 않았을까. 훨씬 다채로운 사람과, 연애이기도 하고 연애가 아니기도 한 무언가를 나누지 않았을까. 얼마나 오래 얼마나 자주 만났는지 혹은 이성친구가 있는지 없는지 하는 것도 상관없이, 우정, 연민, 설렘, 부러움, 또는 그런 게 죄다 한 번에 다 섞여 뭐라 말할 수 없는 이상한 것을 나누지 않았을까. 폭포 같은 감정을, 쏟아지면서 빛나는 것들을. 친구와, 스쳐지나가는 행인과, 아무 사이도 아닌 사이와, 연인과. 그리고 적과.

아니다. 이미 그렇게 했었다. 나도 모르는 사이에.

다시 재생 버튼을 누른다. 그날 나는 무슨 시작을 했던가, 안 했던가. 아니면 이미 시작했으며 이미 끝난 것인가. 그 사람의 머리카락을 떠올린다. 햇빛에 녹을 듯이 빛나는 머리카락, 이라는 문구를 어디서 보았던가, 아니던가. 그 사람이 어떤 사람인지 나도 모른다. 다만 우리는 같이 걸었고……. 그 사람의 방에서는 주인의 냄새가 별로 나지 않았다. 났는데 내가 몰랐던 것일지도 모르겠다는 생각을 뒤늦게 한다. 여러 가지 나한테는 생소한 장식품들이 걸려 있던 것은 기억이 난다. 책장에도 내가 모르는 책들이 꽂혀 있었다. 아닌 척하면서 제목들을 훑어보았다. 나는 좀 긴장했던가. 우리는 이야기를 했고, 차를 마셨고, 또 이야기를 하다가 그 사람이 물었지. 고개를 약간 옆으로 갸우뚱하고,

"지금 무슨 생각해요?"

"……예?"

○

"(살짝 웃는다) 지금 무슨 생각 하냐고요. 지금, 여기서."

나는 지금 무슨 생각을 하는 걸까. 노래가 끝난다. 다시 재생 버튼을 누른다. 베개에 얼굴을 묻고 네 체취를 들이마신다. 나는 네 체취가 좋다. 이 노래의 목소리는 아주 가느다랗다. 살짝 밀면 톡 끊어질 것처럼. 노래 가사 속 아가씨는 자신이 친구를 좋아하는지 아닌지 모르고 있지만, 나는 그녀의 마음을 안다. 아무것도 아닌 마음을 안다. 나는 조금 웃었다. 분명히 자기가 좋아하는 아이에 대해 같이 얘기했을 뿐인데, 그렇게 친해졌을 뿐인데, 어느 날 문득 그의 뒷모습이 이상하게 눈에 들어오고, 그 뒷모습이 아무렇지 않다가도, 걷다가 책을 읽다가, 아무렇지도 않은 일을 하다가 갑자기 떠오르겠지. 속깊고 말수 적은, 그 꿈꾸는 것 같은 눈동자가 갑자기 생각나겠지.

고양이가 왔어

집에 고양이가 왔어. 덩치가 커. 특히 배가 커. 임신했거든. 근데 임신했다는 걸 미리 듣지 않았으면 그냥 뚱뚱한 고양이라고 생각했을지도 몰라. 처음으로 고양이 기르는 거거든. 혼자 살다보니까 외로워서. 외로움 때문에 동물을 기르면 안 된다고들 하지만, 안 외로워진다고 그때 가서 책임지지 않을 수는 없는 거라고 하시만, 그렇지만 다들 그래서 동물 기르지 않아? 집에 돌아오면 누군가가 맞아줬으면 좋겠는 때가 있지 않아? 집 현관문을 열고, 들어와서 등뒤 문을 닫고, 외투를 벗고 공기가 정지된 방에 혼자 우두커니 앉아 있으면, 귀에서 삐 하는 소리가 들려. 특히 시끄러운 데 있다가 돌아오면 더 그래. 그때 고양이가 야옹, 하거나 강아지가 낑낑, 했으면 좋겠어서. 침대에 길게 기대 책을 읽고 있을 때 손을 뻗으면 고양이가 내 발치에서 가르릉거리는 광경을 상상했어. 하얀 고양이면 더 좋겠지. 얼룩 고양이도 좋고. 덩치가 커도 좋고, 작아도 좋고, 아무튼 보드랍고 쉽게 죽지 않는 생물.

사람도 그런 식으로 '이렇기만 하면 난 다 좋아'라고 생각할 수 있으면 좋을 텐데. '가끔씩 생긋 웃을 줄 알고 말수가 너무 많지만 않다면 난 다 좋아' 이런 식으로. 그렇지만 내가 좋아하는 온갖 조건을 다 가지고 있어도 이상하게 정이 안 가는 사람도 많더라.

너네 집 개는 어땠어? 처음에 왜 기르게 되었어? 너네 집 개, 덩치 엄청 크잖아. 난 처음 봤을 때 무슨 늑대인 줄 알았어. 냄새도 그 덩치만큼이나 지독했지. 주인 말고는 사람을 잘 따르지도 않고. 서양 노인처럼 눈동자가 희멀겋고 파랬지.

지금까지 개는 두 마리 길러봤어. 한 마리는 시장에서 산 강아지였어. 난 여덟 살쯤 됐나. 강아지는 이 개월쯤. 나나 강아지나 둘 다 뭘하든 이내 어리둥절해지곤 하는 나이였지. 강아지를 살 때 옆에서 감자를 팔고 있길래 이름을 감자라고 지었어. 조그맣고 귀여워서 계속만지고 가슴에 올려놓고 그랬는데 자꾸 숨어버려서 서운했어. 새로운 환경에 적응을 못했는지, 원래 병들어 있었는지 얼마 안 가서 죽었어. 그때는 동물병원 같은 거 생각도 못했어. 좀 비실비실하다 싶었는데 이틀인가 삼 일 만에 죽었던가. 병원에 갈 틈도 없었을 거야. 아침 피아노 밑에 집으로 만들어준 상자를 보니까 죽어 있더라고. 그때 그걸보곤 가만히 있었어. 어떤 느낌이었는지 기억이 안 나. 아침 먹으라고 부르는 엄마한테 "개가 죽었어요"라고 짧게 말했어. 울기는 한 이삼일

지나서 울었어. 갑자기, 아무 맥락도 없는 순간에. 왜 우냐고 해서 강아지가, 하고 대답했던가. 내가 우니까 엄마 아빠는 좀 안심했다는 표정이었어. 안 울어서 아이답지 않다고 생각했었나보지.

두번째 개는 진돗개였어. 그 녀석을 떠올리면 아직까지도 미안해. 산책은 별로 시켜주지도 않았어. 개한테 산책이 꼭 필요하다는 생각을 못 했어. 나는 그때 열 살. 그냥, 목줄을 끌고 산책을 시키다보면 개가 너무 힘이 세고 나는 자꾸 끌려다니고 힘들고, 그러다 점점 흥미가 떨어졌겠지. 처음엔 엄마 아빠를 조르고 졸라서 샀는데. 마당 한켠에 묶어놓았어. 늘상 묶여 있었지. 여름에도 겨울에도 낮에도 밤에도. 대문을 열고 들어서면 그 녀석은 휙 하고 내 쪽을 돌아보았어. 알지, 개가 기대로 가득찬 눈동자를 주인에게 고정하고선 온몸을 정지하고 있는 그 순간? 내가 조금이라도 자기 쪽으로 몸을 움직이면 좋아서 난리도 아니었어. 컹컹 하고 짖으면시 앞발을 들고 뛰어오르려 했지. 나는 가까이 갈 때도 있었고 아닐 때도 있었어. 아냐, 가까이 가면 개가 나한테 흙 묻은 앞발을 걸쳐서 옷이 엉망이 될까봐 나중엔 거의 안 갔어. 난 참 새침하기도 했지. 내가 집 현관 쪽으로 돌아서면 개는 바로 원래 자세로 돌아갔다. 내가 자기한테 가까이 가고 안 가는 미세한 신호들을 개는 정말이지 빠르게 알아챘어. 마치 내가 말로 한 것처럼.

안녕, 놀아줄게.

안녕, 나 그냥 들어갈게.

○

개는 끝까지 포기하지 않았을까? 언젠가는 주인이 자기랑 놀아주리라고 기대했을까? 아니면 어느 순간 포기했을까? 포기했다면 그건 언제였을까.

그런 게 포기가 되는 것도 참 서글프지. 포기가 안 되었다고 해도 마찬가지야.

'나랑 놀아줘, 나는 외로워, 묶여 있어서 갑갑해.' 이렇게 한마디만 개가 말했더라도, 라는 생각을 하곤 해. 개 말 말고, 사람 말로. 나도 참 너무하지. 한 번만 개 입장에서 생각해봤어도 알 수 있었을 텐데. 이상하지. 관심이 없는 것만으로도 얼마나 무정할 수 있는지.

그 개 이름은 설이였어. 하얀 개여서 눈 설(雪) 자를 썼어. 시골에 줬었는데 개장수가 훔쳐갔다.

내가 두 달간 맡은 이 고양이가 무슨 말을 하고 싶은 건지 이제는 좀 알 것도 같아. 그래야겠지, 이젠 열 살이 아니니까. 이 녀석은 눈이 매양 놀란 토끼 눈이야. 유리처럼 맨질맨질한 눈으로 나를 빤히 보면서, 가까이 오지 마, 너 혹시 나한테 뭔 짓 하는 건 아니겠지, 저리 가, 늘 이래. 임신한 고양이는 워낙에 예민하다고들 하더라. 그래서 나는 개가 원하는 대로 가만히 놔두고 있어. 온 지 이 주가 지나도록 아직 한 번도 못 만져봤어. 따뜻하게 박스 놓아주고 수건 깔아주고 해도 다 밀어내. 앤 정말 충실한 엄마인가봐. 배 속의 새끼가 너무 걱정되어서 낯

설디낯선 이 인간 생물을 최대한 경계하는 거지. 난 그저 충실하게 밥 그릇에 밥 채워주고 화장실을 치워주고 있어. 내가 상상하던 동거는 아닌 것 같지만 말야. 난 그냥 고양이가 돌아가기 전에 한 번만 만져봤으면 원이 없겠다.

보고 싶지 않아, 너네 집 개? 이사 오면서 남 줬잖아.

개들은 무슨 죄를 지어서 그렇게 정이 많게 태어났을까? 허구한 날 가슴 아프게.

그래서 개는 못 기르겠더라, 이젠.

있잖아, 라디오 같은 데 출연해서 이상형이 뭐냐는 질문을 받으면 "골든 레트리버 같은 남자요"라고 대답했어. 알지? 큰 개 종류. 옆에 있던 바비가 "털 많은 남자?"라고 해서 다들 웃었지. 사실 종은 별로 상관없었어. 굳이 말하자면 나는 정이 많고 순한 사람이 좋았어. 그런데 어느 날 길을 가다가 개랑 주인이 나란히 산책하는 걸 봤어. 웃긴 게, 개가 몸은 앞으로 가는데 얼굴은 옆으로 돌려서 시종일관 주인만 보고 있더라고. 있지, 내가 남자친구랑 걸어갈 때 그러고 가거든. 계속 그 사람 옆얼굴을 보고 있는 거야. 개 같은 남자가 좋은 게 아니고 내가 그냥 개더라. 말이 좀 이상하지만.

과거의 남자 °

과거의 남자 얘기 같은 건 현재의 연인한테는 하지 않는다. 정말 엔간
하면 하지 않는다. 이유는 '그게 다 널 위해서'이기 때문이다. 들어봤
자 니가 좋겠니. 듣고 나서 부아가 나서 안절부절못하는 게 보고 싶기
는 한데, 예전에 당시 만나던 친구에게 한번 말해봤다가 큰코다친 뒤
로는 아무 말도 하지 않게 됐다. 왜 그렇게까지 화를 내는지 잘 이해
는 안 되지만 하여간 화를 낸다. 나는 괜히 싫다는 걸 건드리지는 않
는 타입이다.

　그렇지만 물론 나는 과거의 여자 얘기, 물어본다. 그것도 꼬치꼬치
물어본다. "처음에 사귄 건 누구예요? 몇 살 때였어요?"부터 운을 떼
기 시작해서 "어떻게 시작하게 됐어요?"라는 강을 건너다 "그땐 어디
까지 가봤는데요?"라는 험준한 산을 넘어 결국 "예뻤어요?"라는 닳고
닳은 빤한 도시에 도착해버린다.

°

그래 그것이 묻고 싶었더냐, 나여. "예뻤어요?"라니. (내 "좋았어요?" 까진 차마 못 물어봤다.)

다행히도 나의 질문 공세에 남자친구는 그다지 괘념치 않았다. 오히려 약간 즐겼던 것 같다. 내가 판 우물에 내가 빠진 셈으로, 질투의 후폭풍은 내가 다 맞았다.

자기 연인의 과거 이성 경험이라는 것은 대부분이 관심을 가지는 주제일 것 같다. 남자들은 상대의 과거에는 일단 귀를 막으려 하지만, 동시에 분명히 마음 한구석에선 듣고 싶어하리라. 그렇게 강렬한 반응이란 것 자체가 주제의 중요도를 나타내는 게 아니겠는가. 왜 이렇게 듣고 싶어하고, 또 듣기 싫어할까? 과거 이야기에서 상대의 진짜 성향이나 취향이 드러난다는 점도 있지만, 아마 섹스가 관련되기 때문이라는 이유도 적지 않을 것 같다.

나는 오쇼 라즈니쉬의 『섹스란 무엇인가』라는 책을 산 적이 있다. 흰 바탕에 짙은 회색 글씨로 책등에 세액스으로고 커다랗게 적힌 책이다. 그리고 펼쳐보면 활자가 정말 작게 촘촘히 박혀 있다. 엄마한테 떡하니 자랑하기는 좀 그런 제목의 책을 산 이유를 변명하자면(나는 왜 굳이 변명하고 있는가), 사실 체험으로 알아야 하는 주제일수록 책을 보면 유용할 때가 꽤 있다는 점 때문이었다. 내가 다양한 체험을 하더라도 주체는 어디까지나 나인 이상, 아무래도 내가 자라난 문화권과 주변 사람들의 인식을 벗어나기는 쉽지 않기 때문이다.

저자는 힌두교 쪽의 영적 스승으로 일컬어지는 사람으로 특히 섹스 자유주의자로 이름나 있다. 그 때문에 여기저기서 공격도 많이 당한다. 그의 주된 주장은 인간은 섹스를 너무나도 억압하며, 일단 섹스를 풀어놓는다면 그 풀림으로 행복의 궁극적인 통로인 명상이 시작된다는 것이다. 그런데 사람들은 명상은 쏙 빼버리고 섹스에만 관심을 둔다며 그는 툴툴거린다. 명상은 그렇다 치고, 그의 주장 중에 제일 놀라웠던 것은 다음과 같다.

왜 인간은 모르는 사람을 보면 제일 먼저 성별을 감별하는가? 인종도, 나이도, 종교도 아니고 왜 성별인가? 그의 대답은 이렇다. 인간은 섹스를 너무나 억압하고 있기 때문에 그 반대급부로 언제나 섹스에 골몰한 나머지 성별부터 인식한다는 것이다.

그럴까?

좀 과장된 면이 없지는 않을지도 모르지만, 그럴지도 모른다. 가장 신경쓰는 것을 제일 처음에 인식하기 마련이니까. 연애가 잘 안 풀리는 사람일수록 이성 앞에서 긴장하는 경향이 있듯이.

동양권일수록 자신의 성별에 대해 자의식이 강하다. 성별에 따르는 몸매에 대해서도 마찬가지다. 나는 서양에 나가서 살아본 적은 없고 서울 한켠에서만 소박하니 살고 있으니, 서양에 대한 나의 정보의 원천은 책과 영화와 살다 온 사람의 증언 정도일 뿐이다. 이거야 원 디브

이디로 발레 공연 보고 평을 쓰는 격이겠지만, 그래도 이쪽 문화와는 상당히 달라 보이는 여러 가지 점들을 알 수 있었다. 유럽의 한 호스텔 복도에서 수건 하나만 달랑 두르고 나머지는 벌거벗은 뚱뚱한 여학생이 사색에 잠겨 천천히 걷는다거나, 베를린의 가장 핫하다는 클럽에서 노출은 거의 찾아볼 수 없고 그저 각양각색의 옷을 평범하게 입고 있을 뿐이라거나, 프랑스에선 다섯 살짜리 애들한테 사주는 갓난아기 플라스틱 인형에도 '코끼리'가 앙증맞게 붙어 있고, 버튼을 누르면 거기서 쉬야가 나온다거나. 물론 신체가 상업성을 띤 지 오래고, 미국을 포함해 전 세계가 성별 자의식이 강화되는 방향으로 가고는 있지만, 확실히 문화권별로 차이는 좀 지는 게 아닌가 싶다.

아무리 급진적이라고 하는 책이라도 섹스에 대한 일반론을 풀어놓을 뿐, 혹은 '어디를 어떻게 터치해보세요, 부끄러워하지 말고' '자신의 은밀한 판타지를 서로 공유하세요' 등의 섹스 카운슬링이 난무할 뿐, 자신의 경험을 미주알고주알 논픽션으로 드러내는 경우는 흔하지 않은 것 같다.

왜 연애 얘기는 비교적 깊이 들어가면서도 자신의 섹스 얘기를 깊이 펼쳐놓는 일은 드문 걸까?

오쇼 라즈니쉬의 말처럼, 섹스가 지나치게 억압되어 있는 까닭에 대부분은 섹스 이야기보다는 그를 에두르는 연애 이야기를 주로 하는 건지도 모른다.

내 생각에 본인의 섹스 이야기를 공적으로 꺼내놓는 사람들이 드문 이유는, 섹스 자체가 문제라기보다는 콤플렉스에 가까운 너무나 많은 감정 덩어리가 섹스에 엉겨붙어 있기 때문이 아닐까 한다. 섹스라는 배보다 그를 둘러싼 감정이라는 배꼽이 더 큰 셈이다. 섹스에 관해선 '난 그냥 난데'에 가까운 인식은 별로 보지 못했다. 대부분 자의식이 무척 강해진다. '감정이랑 섹스는 아무 상관없는 거야'라는 말 속의 그 '감정'은 상대에 대한 감정이다. 즉 상대에 대한 감정과 섹스는 사람에 따라 상관관계가 없을 수도 있다. 그러나 섹스를 둘러싼, 스스로에 대한 감정은 누구에게나 존재하지 않을 수가 없다. 이 섹스 라이프를 영위하는 자신은 과연 누구인가, 나는 그런 모습의 나를 좋아하는가 아닌가라는 감정.

자유롭다는 건 얽매이지 않는다는 뜻이다. 그러므로 잦은 섹스가 곧 섹스에서 자유롭다는 것도 아니다. 리버럴한 섹스를 한다고 해서 그가 자유로운 영혼이라는 증거는 되지 않는다. 활발한 섹스 라이프를 영위하는 것처럼 보여도 그에게 섹스는 오히려 감정적인 허기를 채우려는 다람쥐 쳇바퀴 같은 추구에 가까울 수 있다. 자유롭게 선택하고 선택받을 수 있다는 사실에 우월감이 겹친다면, 그 밑에는 '선택하고 선택받지 못하면, 이 감각을 채우지 못하면 난 외롭고 쓸모없는 인간이 될지도 몰라'라는 두려움이 숨어 있을 수도 있다.

○

남은 모른다. 생기의 발산과 타인과의 소통으로써의 섹스인지, 두려움 때문에 구석에 내몰린 섹스인지, 본인만 안다. 생기를 발산하는 통로로써의 섹스라면 아무리 많아도 과하지 않다. 그는 섹스에 집착하지 않을 테니까. 생기는 섹스로도, 음식으로도, 음악으로도, 우정으로도 기쁨에 넘쳐 흘러내리므로 굳이 섹스에만 탐닉할 필요가 없다.

단순히 마땅한 상대가 없어서 섹스를 하지 않을 때도 마찬가지다. 선택받지 못했다는 열등감이 끼어들면 그는 결국 좀 기이한 방식으로 존재 가치를 증명하려 들게 된다. 직장에서의 성취라든가. 성취 자체는 좋은 거지만, 존재 가치 증명이라는 게 되게 가학적인 용어다. 존재 가치는 증명하고 말고 할 것 없이 누구에게나 있는 거니까.

섹스와 관련해 자존감 이외에도 진짜 골치 아픈 문제가 하나 더 있다. 배타성이다. 나랑만 해. 딴사람이랑은 하지 마. 이거 말이다. 그 배타성 때문에 커플이 깨지고 생기고, 그냥 소유욕인데 사랑하는 걸로 착각하고, 사랑하지만 용서는 안 되고, 등등등 난리도 아니다.

이 모든 섹스 에피소드에서 겪는 감정의 상흔이 얼마나 깊은지, 얼마나 오래가는지, 그리고 얼마나 현재진행형인지.

그러니 사람들은 자기의 섹스에 대해 말하고 싶어하지 않는 게 아닐까. 엄숙주의 때문만은 아니라고 생각한다. 윤리 때문도 아니다. 더이상 아무도 섹스 이야기가 천박하다고 생각하지 않는다. 다만 과감할 뿐. 사람들은 상처의 부위가 아파서, 그리고 상처가 더 생기는 게 싫어서, 방어막 하나 없이 드러내고 싶어하지 않는다. 소설로는 쓴다. 허구는 최소한의 방어막이다. 사람들은 섹스에 대해 듣고만 싶어한다. 듣는 건 안전하니까.

그래서 무슨 말을 해도 함부로 평가받지 않을 친구들 사이에서만 소곤소곤, 마치 전해 내려오는 비전처럼, 정말로 있었던 일에 대해, 정말로 느낀 감정에 대해, 배를 잡고 웃기도 하고, 가슴 아파하기도 하며, 얼굴이 빨개지기도 하고, 세상에 도는 말들에 대한 회의를 드러내고, 놀라기도 하며, 우리는 얘기한다.

'그때 그 남자는 말이야……'

○

경계선

스스로가 왜 울고 있는지 알고 있을 때의 눈물은 차갑다. 덤덤함과 체념의 눈물. 자기가 왜 울고 있는지조차도 잊게 될 때가 온도가 변하는 경계선이다. 감정이 자신을 쓰러뜨려버리고 온도는 주체되지 않는다. 그렇지만 묘하게도 알고 있었다. 아, 온도가 바뀌고 있구나 하는 것을. 더운 눈물이란 이런 거구나 하는 것을. 이상스럽기도 하다. 하필 그런 때 그런 게 알아진다는 게. 이를테면 네가 수면제를 꺼낼 때. 세 알을 입에 털어 넣을 때. 그래서 한 문장이 내 머리를 스쳐갈 때. 우리는 끝났구나. 이제 끝났구나. 내 가슴이 내려앉을 때. 어두운 방, 무겁게 깔린 침묵 속에서 네가 잠에 빠져들 때. 더이상 견딜 수 없었던 네가 나를 피할 수 있는 곳으로 사라질 때.

인간의 조건

가치 있는 인간이 되기 위한 노력의 지겨움이여, 더 아름다워진다면, 더 성실해진다면, 더 능력 있고 더 이름 있어진다면, 더 깊은 눈빛을 가지게 된다면, 아아, 더 사랑스러운 성격, 더 넓은 마음 같은 것, 혹은 더 다양한 경험, 더 새로운 경험, 더 많은 연인, 더 많은 소통, 더 깊은 소통, 더 많은 지식이나 더 사려 깊은 행동, 더 많은 돈이 가져다주는 더 멋진 무언가를 향한, 어디엔가 빛나는 광원이 있어 그걸 잡아야 할 것 같은 불안함이여. 지금 여기 이대로는 안 된다는 불면의 낮과 밤, 더 사랑받을 수 있다면 더 나은 누군가가 될 수 있을 것 같은 욕망의 피로함이여. 어째서 이렇게 끝이 없는가, 영화를 보거나 술을 마셔도, 신나게 웃고 떠들어도, 지금 누군가의 사랑을 받아도, 사랑이 있다는 걸 알아도, 충분치 않다고, 충분치 않다고 어디선가 속삭이는 이 목소리는 누구의 것인가, 이게 정말 내 안에서 울려오는 속삭임인가.

오래된 지겨움이 새삼 놀라워서 모두 잠든 밤에 일어나 차를 마신다. 무엇을 해서 안심한다 해도 왜 그때뿐인가, 왜 그 순간뿐인가. 왜 새로운 사랑 밑에는 늘 낡은 책처럼 불길함의 그림자가 숨겨져 있는가. 어째서 머리에 든 추억이 이렇게 많은가, 이렇게 많은 추억이 한마디씩만 해도 내 마음이 온통 아우성이지. 내가 아는 사람은 왜 이렇게 많은가, 알던 사람들이 모두 입이 있어 나에게 언제나 한마디씩을 하며, 나한테 왜 그랬냐고, 왜 그랬냐고, 왜 그렇게 사냐고 (눈물로 말하는 사람도 있다), 아아 이제 사람들은 없어도 그 목소리만 남아, 그 목소리만 남아, 이제 그 목소리가 나의 것인지 그들의 것인지 구분할 수가 없어서, 온통 아우성뿐이지.

조용했으면 좋겠다. 사막이나 북극에 갔으면 좋겠다. 먼지 묻은 바람에 싸여, 혹은 칼처럼 베어내는 바람에 기대어, 아무도 아무 말도 없는 곳에서 아무 말도 아무 독백도 하지 않았으면 좋겠다. 아무 속내도 전하지 않고, 그래 전할 속내조차 없을 수 있다면. 시간은 계속 첩첩이 쌓이기만 하는 것인가, 되돌아가고 싶다. 아무것도 망치지 않았던 존재할 수 없는 시간으로 되돌아갔으면 좋겠다. 이제 그만 노력했으면 좋겠다. 수고했다고 누가 등이라도 두드려주면 좋겠다. 그리고 이제 그만해도 좋다고 허락해주었으면. 그러나 너의 눈가에도 거무스름한 그 피로의 기색, 살아가는 데의 피로, 산다는 일 자체의 피로, 아아 그러나 애초에 그런 걸 누가 허락하고 말고 한다는 것인가.

더 자유로워진다면.

○

생선과 물고기 °

물고기를 길렀는데, 총 몇 마리였는지는 기억이 안 난다. 자기가 키웠던 동물 숫자도 기억을 못하다니 좀 비정하게 들리지만 그만큼 너무 쉽게 꼴까닥 죽어버린다. 마치 조금만 기분이 나쁘면 "싫다 싫어, 꿈도 사랑도오" 하고 한 소절 부르고는 극락으로 가버리는 게 아닌가 싶을 정도다.

그래도 물고기를 키워본 덕분에 동물 세계의 소중한 교훈을 알게 되었다. 그것은 '작으면 약하다'이다. 몸이 작다는 것은 작은 타격에도 막대한 손실을 입는다는 뜻이다. 가령 두 마리는 내가 새집으로 이사를 온 직후 비실거리더니 죽었다. 플라스틱 어항에 뚜껑을 덮고 아기라도 안듯 소중히 안고서 차에 타고 옮겼지만 보람이 없었다. 차의 진동에 물은 속절없이 흔들리고, 그 흔들림은 물고기들에게는 말 그대로 천지가 뒤흔들리는 충격이었던 것이다. 하긴 내가 물고기라도 그

난리통에 혼이 스르륵 빠져나갔을 것 같다.

어항에 함께 사는 사나운 놈이 꼬리를 조금만 물어뜯어도 죽는다. 깡패 녀석이 한입에 잡아뗀 부분은 0.5센티미터도 채 안 되지만, 그 0.5센티미터는 열대어 꼬리의 반이나 된다. 꼬랑지가 반이나 없으니 도망가기도 힘들어지고, 그다음에는 더 뜯기고. 누가 물고기를 평화로운 생물이라고 했던가. 그저 그 눈빛만 하염없을 뿐, 헤엄만 하늘하늘할 뿐. 아닌 밤중 옆 마을로 살금살금 마실가는 양갓집 아가씨처럼 겉은 새침하고 속은 엉큼하다. 먹이도 충분히 줬는데 왜 친구를 괴롭히는 거니, 왜. 분명히 수족관 주인이 이 두 종류를 한 어항에 함께 키워도 좋다고 했지만 다 소용없었다. 격리하고 소금욕을 시켜도 때는 이미 늦었다.

그중 제일 마음에 남는 건 '강아지' 두 마리다. 먹이를 주려고 하기만 하면 어찌나 방정맞게 좋아하며 수면으로 올라와 헤엄치던지, 거의 요크셔테리어가 좋아하며 뛰어오르는 수준이었기 때문에 이름이 강아지였다. 다만 같은 종에 같은 색깔인 암수 두 마리의 외양을 구분하기가 어려웠다. 속 편하게 그냥 둘 다 강아지라고 이름 붙여버렸다. 물고기답지 않게 인간과의 교류를 아는 것 같아서 참 예뻐했다. 사실 물고기라는 생물은 당최 뭘 생각하는지 잘 알 수가 없고, 그 많은 시간을 지치지도 않고 물속에서 뱅글뱅글 돌고 있다. 가만히 보고 있으면 좀 초현실적인 기분도 들고 그렇다. 그게 싫은 건 아니고 또 그런

점이 물고기를 키우는 데 있어 본연의 재미기도 하지만, 강아지들은 개성을 드러내는 면이 있었으니 아무래도 개네한테 좀더 정이 갔다. 그런데 어느 날 꿈도 사랑도 싫다고 골로 가버렸다.

강아지가 죽고 난 후 나는 산에 묻어주고 싶은 마음에 헝겊에 싸서 냉동실에 넣어두었다. 그런데 이럭저럭하다보니 바로 묻어주지를 못했다. 그러던 어느 날 시장에서 동태를 사 와서 냉동실에 넣어두려는데, 생각해보니 우리 강아지도 거기 같이 있지 않은가. 기분이 묘했다. 하나는 먹는 용이고 하나는 고이 묻어주는 용이라니. 생선과 물고기의 구분이란 게 참 한끗 차이다.

공연을 하고 잠시 쉬어가는 때에 멘트로 이 이야기를 한두 번 한 적이 있는데 다들 "으으으" 하는 반응이었다. 거의 반사적인, 높은 목소리의 "으으으"였다. 아니 왜요. 동태 대신 다른 쪽을 먹고 싶다는 얘기는 아니었는데.

헤네시 XO °

나의 술 경험이라고 해봤자 참으로 별게 없다. 술을 많이 마셔본 적이 없기 때문이 아니라 술기운으로 붕 뜬 기분이 지속되는 시간이 무척 짧기 때문이다. 곤드레만드레해가지고 이 소리 저 소리 하기 전에 토악질이 나와서 견딜 수가 없다. 그래도 적당히 마시면 기분좋다. 지금처럼. 집으로 향하는 길 어두운 계단을 돌아 돌아 올라오면서 혼자 약간의 춤사위도 펼쳐보았는데, 춤은 사실 아무도 안 보고 있을 때가 제맛인 것 같다.

나는 내가 술을 싫어한다고 생각했는데 그 생각이 깨진 건 몇 년 전 여름이었다. 주변 언니네 집에서 한 열흘 신세지고 있을 때였다. 여름이고, 당연히 덥고, 멋진 거실이었다. 거실의 삼분의 이가량을 차지하는 커다랗고 듬직한 나무 책상이 있었다. 밤이면 거의 매일 여자 셋이서 각기 제멋대로의 포즈로 앉아서 술을 마셨다. 그 집에 사는 언니

둘은 그럴 때면 늘 향초를 켜두었다. 지금이야 양키캔들 등의 향초가 대중화되었지만, 그때는 향초를 켜두는 집을 본 게 처음이었다. 향초는 가끔 치익 하는 소리를 냈다. 그런 작은 홍취를 부리는 문화가 참 멋지게 느껴졌던 기억이 난다. 아아 집에서 술을 마실 때도 초를 켜둘 수 있는 거구나, 술집이 아니어도 이렇게 예쁘게 해놓고 분위기를 낼 수 있는 거구나, 이렇게.

어느 날 맥주는 배부르다고 하는 내게 언니가 찬장에서 꺼내준 술이 있었다. 바로 그 술이 술은 맛없다는 나의 편견을 바꾸어주었다. 코냑인 헤네시 XO 미니어처였다. 한두 모금 마시면 바닥날 양의 그 술은 아주 확확 달아오르는 존재감을 가지고 있었다. 나 입안에 들어가! 지금은 목구멍에 있어! 이젠 식도를 타고 흐르고 있다니까! 이제는 위야! 와! 골인! 보드카처럼 냄새가 너무 강하지도 않고, 배가 부르지도 않고, 뒷맛도 역하지 않고, 무엇보다 엄청 빨리 취해버린다. 그 점이 좋다. 효율적이다.

코냑……. 너 이 녀석.

좋은 여름이었다. 낮에는 일하러 간 언니들을 기다리며 흐느적거리고, 밤이 되면 셋이 남은 술을 원샷하고 푸우푸우 잠을 자고, 가끔씩 공연을 하러 나가고, 전화가 오면 언니한테 빌린 어깨끈이 가느다란 원피스 하나를 몸에 달랑 걸치고 심야택시를 타고 달려나가고, 야한 옷이나 입었다고 당시의 남자친구가 야단을 하고, 야단을 한다고 또 그런가 싶어 꼬리를 내리고, 그런 시절이었다. 좋았구나! 코냑과도 같이 존재감 있는 계절.

떨림에의 촉수 °

아침에 산책을 하다가 갑자기 입으로 튀어나온 멜로디가 있다. 동요
〈고향땅〉이었다. '아카시아 흰 꽃이 바람에 날리니, 고향에도 지금쯤
뻐꾸새 울겠네.' 어떤 맥락으로 부른 건지 도무지 알 수가 없다. 나도
모르게 흥얼거리고 있었다. 초등학생 때 배운 노래다. 곧잘 불렀다. 이
런 게 유년 시절의 무게인가 한다. 의식하지 않는 사이에 불쑥 튀어나
오는 무언가.

왜 동요인가 하면 나의 초등학생 시절에 가요와 관련된 기억은 거의
없기 때문이다. 아버지가 아이는 동요를 듣는 거라고 했다. 그래서인
지 가요 테이프를 튼 적이 거의 없다. 누군가가 이 말을 듣고 정말로
인상적이라는 투로 나를 바라보았다. 나의 성격이나 노래 부르는 방식
에 대해서 한번에 퍼즐이 맞춰지는 듯했을까 싶은데 잘은 모르겠다.
부정할 생각도 없고 긍정할 생각도 없다.

언제부터 혼자서 길을 걸으며 작게 노래를 부르는 아이였을까. 그러다 맞은편에서 다른 사람이 오면 멈추고.

어린아이 시절을 떠올리면 그건 내 인생이 아니었던 것처럼 느껴진다. 남의 인생을 오래된 영사기로 틀어놓은 것 같은 기분이다. 영사기의 빛에 먼지가 흔들리는 게 보인다. 거기다 무성영화다. 거울에 자신을 비춰 보아도 자신의 존재를 실감하지 못하는 아이가 주인공이다. 그런 아이의 영상을 보고 있으면 그저 낯설기만 할 뿐이다. 예전부터 어린 시절을 낙원으로 묘사하는 사람들을 보면 이해가 되지 않았다. 반박하고 싶은 것은 아니고 그저 이해가 되지 않았다. 그리고 막막함을 느꼈다. 인생이 모래바람처럼 손가락 사이로 빠져나가는 기분. 물기 하나 없는 거대한 모래 산을 마주하는 기분.

며칠 전 사촌언니와 얘기할 때도 그랬다. 어렸을 때는 재미있었냐는 내 질문에 그녀는 그럼 당연하지, 라고 대답했다. 뛰어놀았다고. 그녀는 자세히 이야기하지 않았다. 뛰어놀았다는 말을 반복했다. 그 말만 반복한 이유를 알 것도 같다. 아이의 즐거움이란 언니에게 당연한 것이므로 덧붙일 말이 별로 없는 것이다. 잠시 후 언니가 지나가듯 말했다. 너는 그때도 얌전했으니까 별로 재미가 없었을 수도 있겠다, 라고.

다른 이의 낙원과 비교하지 않는다면 나에게 물기가 없었던 것은 아니다. 다만 나는 혼자일 때만 물기가 있었다. 다른 사람과 있으면 자기 자신이 될 수 없었던 것일까. 중학생이 되어서야 내 쪽에서 정말 좋아

○

하는 친구가 생겼다.

혼자 있음이 주는 평온함. 책 속의 문장 속에서, 노래의 선율 속에서, 그제야 나는 파란색이 파랗다는 데 기뻐하고 노란색이 노랗다는 데 기뻐했다. 파란색과 노란색은 비유가 아니다. 색감은 느낄 때만 느껴진다.

나는 동요가 좋았다. 단순하고 아름답게 다듬어놓은 한글 가사, 부드러운 멜로디가 좋았다. 물론 아이가 자신이 동요를 좋아하는 이유를 '단순하고 아름다우니까' 하고 의식적으로 생각하지는 않았을 것이다. '나는 이 일이 좋아, 즐거워' '나중엔 이 일을 하는 사람이 되어야지' 하고 스스로를 향해 말하지도 않았다. 그저 이끌려갔다. 모든 사랑이 그렇게 시작되듯이. 화분을 창가에 내놓으면 꽃줄기가 해를 향해 자연히 기울어가듯이. 오르내리는 음계, 활자가 큰 어린이책을 쏟아지는 햇빛으로 삼아 나의 촉수는 서서히 자라났을 것이라고 생각한다. 조용히 떨리는 마음에의 촉수가.

내가 동요를 좋아하는 건 엄격한 아버지가 어린 딸이 가요를 듣는 걸 탐탁지 않아 했기 때문만은 아닐 것이다. 그런 관점으로는 인생이 좀 서글프다. 오래된 동요책을 펴놓고 합창단에서 배운 악보 읽는 법을 지렛대 삼아, 한 곡씩 계이름으로 따라 불러보았다. 누가 그 곡을 부르는 걸 들어본 적이 없으니 내가 부르는 음계가 맞는지도 확실하지 않았을 것이다. 이런 차분한 기분이 사람들이 보통 말하는 즐거움인

지 아닌지도 몰랐다. 그저 방 안에 앉아서, 악보를 손가락으로 짚어가면서, 단정한 가사가 멜로디와 함께 합쳐졌을 때 주는 가냘픈 울림을 가만히 끌어안고 있었다.

그렇게 익힌 노래다. 아직도 기억한다. 〈구름〉. 솔도도 도솔미 파솔라 라파레 미파솔 솔파미 미파미레도.

스미마셍, No problem

일본에는 지금껏 세 번 다녀왔다. 그중의 한 번은 여행이었고 나머지는 일이었다. 일본의 인상은 참 좋았다. 특히 골목길의 인상이. 이상적인 골목길이라고 해도 좋다.

 일본 남부의 섬 오키나와의 골목길은 조용하고 널찍하고, 새침하리만큼 잘 정돈되어 있었다. 어느 집이나 할 것 없이 집 주변은 작은 화분들로 장식되어 있었다. 말할 것도 없이 화분은 절대로 빈사 상태가 아니었고. 시들시들한 녀석이 있으면 "아이구 동네 부끄럽게" 하면서 집 안으로 들고 들어가서 돌본 후 쌩쌩하게 만들어 다시 꺼내놓는 게 아닌가 싶을 정도였다. 깔끔하기로 치면 정말로 코딱지만한 휴지라도 버리기가 송구스러울 정도였다.

 인도와는 달라도 너무 다른 모습이었다. 인도 사람들은 구운 옥수수를 다 먹고 나면 남은 옥수수대를 길 옆 아무데나 휙 던진다. 휙ㅡ.

그 광경을 처음 보고선 약간의 해방감마저 느꼈다. 아이구 시원스럽게도 던지네, 하고. 하긴 던져도 괜찮다. 어차피 인도의 길 어디에든 쓰레기는 쌓여 있으니까. 거기다 널리 알려진 바와 같이 여기저기 소똥이 철퍼덕철퍼덕 널려 있다. 그곳의 소똥은 마치 세상만사 볼장 다 본 늙은 개와도 같아서, 사람이 지나가거나 말거나 넉살 좋게 배를 깔고 볕을 받으며 누워 있다. 비켜가려면 네가 비켜가려무나 하고 말하는 듯한 그 느긋함이여.

그런 곳에 있다보면 청결에 대한 관념도 상당히 느슨해진다. 인도에 도착한 후 당분간 혼란과 경악의 시간을 보내게 되지만 그래도 마침내 평화의 시간 또한 찾아오는 것이다. 어찌나 평화로웠던지 한국에 막 돌아와서는 지하철 역사 내에 '지하철 청결 유지, 이렇게 진행되고 있습니다. 대청소, 중청소, 소청소'라는 안내 광고판를 보고서 어안이 벙벙해졌던 기억도 있다. 도대체 왜 그렇게까지? 하는 심정이었다. 물론 그런 느슨함은 곧 한국의 평균적인 청결 관념에 의해 다시 어느 정도 조여지고 말았다.

인도로 여행을 떠나는 일본인들은 괜찮을지 걱정이다. 내가 걱정할 일은 아니겠지만.

그러고 보니 두 나라 사람들이 자주 하는 말도 아주 다르다. 일본 사람은 '스미마셍'이라는 말을 자주 한다. 미안합니다, 실례합니다, 고맙습니다, 부탁합니다. 이 모든 경우에 쓰이는 말이라는데 정말 전천

후로 여기저기 후덕하게 쓰이는 것 같았다. 심지어 반복하기도 했다. 내가 본 한 식당 아주머니는 손님에게 계산해줄 때 (돈을 받으며) "하이, 스미마셍, 스미마셍" (돈을 거슬러주며) "스미마셍" (식당을 나가는 손님에게) "하이, 아리가또 고자이마스, 스미마셍, 스미마셍"이라고 했다. 계산할 때의 스미마셍은 물론이며 자리를 안내하고 주문을 받고 음식을 내오는 때에도 늘 스미마셍이라 말했다. 밥을 먹는 내내 아주머니의 스미마셍이 돌림노래처럼 낭랑하게 울렸다.

반면 인도 사람은 뭐만 했다 하면 "No problem(문제없어요)"이란다. 문제없다는 말은 처음엔 믿음직스럽게 들리지만 자주 듣다보면 부아가 치밀 때가 있다. 완전히 problem인 상황에서도 "No problem"이라고만 반복하니까. 이를테면 기차가 세 시간 연착되어도 영어든 힌디어든 안내방송을 하지 않는다. 역무원에게 어떻게 된 거냐고 물어보면 "No problem"이라는 답을 들려준다. "Sorry, but"도 없고 "Thank you, and"도 없고, 특유의 그 큰 눈을 부리부리하게 뜨고서는 간단하게 "No problem"이라고 하는 것이다. 나중에 적응되면, 다시 말해 체념하면 모든 상황이 아주 나쁘지는 않다고 여기게 된다. 기차가 오기는 온다고 하지 않는가? 안 오는 것도 아니고. 다른 인도인들은 기차역 바닥에 길게 누워서 잠까지 아주 푹 자면서 기다리고 있는데 나라고 못 기다릴 건 또 뭐람. No problem. 다음 일정을 까딱하다간 놓치겠다고? 뭐, 안 가면 되지 않는가.

○

이렇게 스스로 No problem이라 말하게 되는 순간이 인도 여행의 묘미가 아닐까 싶다. 한 번 잘 배워두면 자전거 타기나 실 박음질처럼 요긴하게 써먹을 수 있는 재주가 되는 것이다. 앗, 지금 No problem 정신이 필요해! 하고 쓱 꺼내 장착하면 되는 식으로. 그래서 잘 장착 해두었냐 하면 물론 아닐 때가 많다. 도라에몽처럼 앞주머니를 뒤적거 린다고 필요한 게 전부 짜잔 나오는 게 아니니까.

그건 그렇고, 인도에서 들은 인상적인 질문 중 하나는 "너 말레이시 아 사람이니?"다. 내가 얼굴이 많이 타긴 탓구나 생각했다. 그런데 여 행이 끝나고 인천공항에 도착한 나를 본 엄마의 첫 마디는 "아유 우리 딸 하나도 안 탔네"였다.

손님 노릇

곱슬머리를 생머리로 세상에 내보인다는 것은 품도 많이 들뿐만 아니라 귀찮은 일이다. 아무리 파마약과 기계로 정성스럽게 펴대도 머지않아 정수리 쪽에서 곱슬곱슬한 짧은 머리카락이 방실거린다. 지지 않겠다는 의지가 있을 경우 몇 달에 한 번씩은 시간과 돈을 들이게 된다. 나는 그런 의지는 좀 약하므로 보통은 일 년에 한두 번 정도다. 그것도 최근 들어서는 약간 포기한 상태이기까지 하다. 곱슬머리여, 네가 이다지도 너의 존재를 주장한다면 이제 너를 인정하마, 의 단계가된 것이다.

생각해보면 미용실은 참 특수한 공간이다. 그곳에선 기대와 현실의 괴리를 깨닫게 된다. 원하는 머리 스타일의 사진을 아무리 주의깊게 골라서 이렇게 해달라고 말한들 그대로 나오긴 어렵다. 사진 속 모델과는 머리카락의 질과 숱과 길이가 달라서 그런 탓도 있겠지만, 솔직히 얼굴이 달라서 생기는 괴리이기도 하지 않을까. 친구 중 하나는 배우 배두나의 사진을 들고 "이렇게 해주세요" 부탁했는데, 미용사가 사진을 빤히 보며 "……배두나네요"라고 말했다고 한다. '그런데 너는 배두나가 아니잖니' 하는 속말이 들리는 것 같은 민망함은 손님인 우리의 지나친 자의식 때문인 걸까. 미용사야 별생각 없이 한 말이겠지만.

손님 노릇도 쉽지가 않다. 머리를 다 잘랐는데 생각하던 것과는 상당한 차이가 있다고 하자. 그러면 어떤 표정을 지어야 할지 잘 알 수가 없다. 나 같은 문외한의 눈으로는 다 된 거 아닌가 싶은 머리카락을 여기서 짤깍 저기서 짤깍 하면서 애써준 미용사다. 대놓고 실망한 표정을 짓는 건 문명인으로서의 도리가 아닌 것 같은 기분이 든다. 그래서 뭔가 '……아하하' 하는 듯 입과 그에 호응되지 않는 눈으로 괴상한 표정을 짓게 된다. 하지만 미용사도 손님의 마음을 읽는 데는 도가 터서, 나의 문명인 가면 뒤 솔직한 기분을 알아채고야 마는 것 같다.

뒤로 누워서 머리를 감겨주는 모습도 재미있다. 머리가 죄다 뒤로 벌렁 까져서 속절없이 얼굴이 무방비 상태가 되는 것도 민망하지만, 그 자세를 하고 눈을 뜨면 미용사와 눈이 정통으로 마주친다는 것도 나로서는 가능한 한 피하고 싶은 일이다. 남자 미용사일 경우 더 그렇다. 한 사람은 아래에서, 한 사람은 위에서, 왼쪽 오른쪽은 반대로 눈을 맞대고 있다니. 영화에서처럼 연인의 품에 안겨 욕조에 누워 있다가 한 사람이 머리를 감겨주는 은근한 분위기와는 사뭇 다르다. 궁금해서 미용사에게 물어봤더니 미용사와 그 자세로 눈을 마주치면서 수다를 떠는 손님도 있다고 했다. 미용사 입장에서도 그러면 조금 걸리는 부분이 있어서—미용사의 콧구멍이 훤히 들여다보이는 문제—손님의 얼굴에 살며시 수건을 덮어준다고 한다. 세상엔 참 가지각색의 사람이 있다.

○

짝사랑의 대가 °

짝사랑이라면 꽤 해보았다. 그 비참함은 필설로 형용 못한다. 나도 아
련 돈게 멋있게 쓰고 싶은데 돌아보면 별로 멋있지 않다. 참말로,

힘들제. 니 맘 안다.

됐다. 아무도 모른다.

의 대화와 같다. 아무도 모른다, 아무도. 다 알지만 아무도 모른다.

당시 좋아하던 뮤지션이 있었다. 그 사람이 초창기에 한 인터뷰에서
소주 한 병과 수면제 두 통을 언급한 적이 있다. 만나던 사람과 헤어
진 후에 그랬다고. 여자 마음 한번 돌아서는 게 그렇게 무서운 일인
줄 몰랐다고 했다. '살 필요가 없더라고요 진짜'라면서, 그러나 절대 음
독자살은 할 만한 게 아니라고 권했다. 너무나 고통스럽다면서. 차라
리 목을 매거나 투신하는 게 좋을 것 같다고 했다. 그런 개인사까지
합쳐서 참 좋아했다. 솔직히 그런 개인사를 밝혔기에 더 좋아했던 것

같다. 지금 그분은 자살 이야기를 하게 될 때 '차라리'라면서 여전히 무언가 다른 방법을 권할까, 아니면 그냥 가만히 입을 다물고 있을까. 어떤 방법을 쓰라는 그런 권유는 지금은 좋게 생각하지 않는다. 타인의 인생에 대고 누구도 그런 언급을 할 수는 없다. 아무리 각자 최선을 선택하는 거라고 해도 마찬가지다. 그것은 고통에 대한 예의다.

그후로 나도 음악을 하게 되면서 그를 한 번 대면한 적이 있었다. 일이어서 그랬는지 꽤 사무적인 태도를 보여 조금 실망했던 기억이 있다. 처음 본 사람한테 속을 홀랑 내보이기도 이상하겠지만, 여러 사정이 있었겠지만, 하여간 요만큼도 친절한 기색이 없었다. 그 사람은 알까, 그때 본인의 목소리가 나한테 어떤 영향을 미쳤었는지. 그의 음악만 틀면 갑자기 모든 공간이 노래 속의 감정으로 채색되었다. 가늘고 슬프고 따스한, 직선적인 목소리. 나는 그 사람의 영향으로 노래에 기교를 넣지 않는 가수가 되었다.

내 방 벽에는 내 음악을 듣는 사람들이 보내준 편지와 그림들을 붙여놓은 하드보드지가 있다. 아이돌한테 쏟아지는 것만큼은 아니지만 까먹을 만하면 누군가가 고맙게도 보내준다. 왜 붙여놓았느냐 하면 기억하기 위해서다. 내가 세상에 조금이라도 좋은 것을 내보내고 있다는 걸 이렇게 하지 않으면 까먹을 것 같았다. 머리가 지끈거리고, 공연이 없을 때면 하릴없이 반 백수처럼 온 집 안을 굴러다니기나 하고, 스스로를 기쁘게 하는 법이 하나도 생각나지 않을 때 벽에 걸린 그 편지들을 바라본다. 그럴 때면 늘 신기하다. 나의 일부가 잘게 조각되어서 누군가의 귀로 들어가고, 그 사람의 어떤 기억을 상기시키고, 누군가는 그저 중간에 다른 곡으로 넘길 수도 있겠지만, 그래도 가끔씩은 누군가를 위로하고 가끔씩은 울게 만든다는 것이.

팬레터가 가수나 배우나 작가 같은 사람들을 향한 일방향의 마음, 즉 짝사랑 같은 것이라고는 생각하지 않는다.

짝사랑이란 것은 어느 상황에서 가능하느냐 하면, 기본적으로 이런 마음가짐을 가지고 있을 때 일어나는 것 같다. "네가 날 알아요? 모르면서 왜 내가 좋아요?"

나한테 오는 사람한테는 그렇게 묻는다. 이 말인즉슨 알면 좋아할 수 있지만, 모르면 제대로 좋아할 수는 없을 것이라는 말이다. 그런데 자기가 가지고 싶은 사람에 대해서는 묘하게도 자신이 안다고 믿는다. 그 상대에 대해서는 도둑고양이처럼 쓸어모은 인상 말고는 아는 게 하나도 없는데도. 왜냐하면 실제로 깊은 소통을 해본 게 아니니까. 상대가 그걸 허락하지 않으니까. 안다고 생각하면서 무턱대고 좋아한다.

불일치가 주는 감정의 롤러코스터. 정신이 하나도 없지.

실은 상대를 깊이 알고 모르고는 좋아한다는 감정에 큰 영향을 미치지도 않는다. 상대를 잘 모르고서 좋아해도 된다. 오래 같이 지낸다고 해서 꼭 잘 알게 되는 건 아니니까. 감정이란 순간적으로 햇빛에 빛나는 유릿조각 같은 것이다. 감정의 뿌리가 깊다고 절실한 것은 아니며 얕다고 경박한 것도 아니다. 다양하고 다양한 사랑의 결들, 그 모든 색색의 순간들을 그저 나누면 된다고 생각한다.

그렇지만 처음 팬레터를 받기 시작할 때 나는 그렇게 생각하지 않았다. 이렇게 생각했다. 이 사람은 내 목소리를 좋아하는 거지 나를 좋아하는 게 아냐. 어차피 내가 정확히 어떻게 생겼는지도 모르잖아. 사진 몇 장 가지고 어떻게 알겠어. 나랑 얘기해본 적도 없잖아. 내 노래가 싫어지면 나한테 관심도 없을 텐데.

나는 갑갑했다. 내가 필요한 온기는 이런 불특정 다수에게서 오는 표면적인 미지근함이 아니라 직접 눈을 마주하고 가질 수 있는 파닥파닥한 생기, 그런 게 묻어 있는 뜨거움이라고 생각했다. 그러니까, 일방향의 사랑을 하고 또 거절할 때나, 리스너들을 대할 때나, 너무나 기대하는 게 많았던 것. 온기란 이래야 한다고, 성의란 이런 것이라고 혼자 기준을 정해놓고 팔짱을 끼고 있었던 것. 지금이야 팬레터를 보면 빙긋 웃음이 나온다. 당신이 언제든 내 음악을 듣지 않게 된다고 해도 나는 괜찮다. 순간 서로에게 반짝였으니 그걸로 됐다고 생각한다.

다들 그렇겠지만 짝사랑은 참 아팠다. 할 때도 아프지만 지나갔을 때는 스스로에 대한 실망 때문에 더 아팠다. 실망도 지나갈 때쯤엔 나에게 이렇게 말할 수 있었다.

콩을 심었으면 콩 나기를 기다려야지 왜 팥이 나기를 기다리고 있어. 거기서는 팥 안 나. 그리고 콩 되게 맛있어. 쪄 먹어보지 않았으면 말을 마. 쪄서 소금 뿌려 맥주 안주로 먹어도 되고, 밥에 넣어 먹어도 좋고, 죽 쒀 먹어도 되고. 콩밭 앞에서 마음을 졸이며 기다리고 있었던, 순진하고 매일매일 가슴 아팠던, 나.

서툴렀던 기억이라고 해서 소중하지 않은 것은 아니다. 강렬한 건 또 그것대로 그때뿐이었으니까. 더이상 갈 데가 없어서 사무치면서 놓아버리고, 후에는 낱낱이 헤집어서 땅에 패대기쳐버렸다가, 결국엔 그 나름대로의 사랑스러움이 있는 시간이었다는 걸 인정하는 게 짝사랑의 수순이다. 그때로 돌아간다면 나한테 좋은 언니가 되어서 머리를 한번 쓰다듬어주고 싶다.

＊

사진을 엽서로 만들어 보내온 사람이 있었다. 뒷면에는 차분하고 또 박또박한 글씨로 일병 누구누구라고 씌어 있었다. 한강에서 찍은 사진이었다. 내 앨범 재킷 배경이었던 곳을 그대로 찾아간 것이다. 내가 앉아 있던 벤치에, 정확히 그 자리에 검은색 배낭을 올려놓았다. 보낸 사람은 사진에 찍혀 있지 않다. 빙그레 웃음이 지어지는 상황에서도 가슴 한켠이 씁쓸한 것은, 배낭이 벤치의 왼쪽 맨 끝에 덩그마니 앉아 있어서였다. 가방의 왼쪽으로는 아무도, 그 누구도 앉을 수 없을 정도로 끝에. 가방조차도 조금만 밀면 옆으로 떨어져 툭 주저앉아버릴 것 같았다. 그렇게 불균형한 자리 배치였다. 그 재킷을 찍을 때도, 그리고 완성되어 나온 재킷을 보면서도, 나는 내가 그런 식으로 앉아 있다는 것은 생각해본 적이 없었다.

어쩐지 이 사람도 짝사랑의 대가가 아닌가 싶었다. 맘에 둔 소중한 사람이 분명히 있겠지.

언젠가 공연 때 게스트 밴드로 초대했던 누군가가 바비에게, 군 생활 때 언니네이발관 노래만큼 많이 들은 음악이 없었다고 했던 얘기도 떠올랐다. 차갑고 어두운 밤에 보초를 서면서, 담배 연기를 바라보며 정말정말 많이 들었다고. 그리고 그 시간이 있어 음악을 하기로 결심했다고. 그 말을 듣고 나는 참 서늘하고 멋진 기분이 되었다. 제대하고 일상으로 돌아와 시작했던 그의 음악을 내가 이십대 초반의 영원과도 같은 긴긴밤 동안 얼마나 깊이 들었는지, 내가 어떤 위로를 받았는지, 나는 말로 표현하지 않았다. 표현했다고 해도 그분 또한 알 길이 없었을 것이다.

힘들제. 니 맘 안다.
됐다. 아무도 모른다.

영향은 돌고 돈다. 짝사랑이라면 어때. 꼭 그 사람한테 직접 닿는 영향이 아니면 어때. 우리가 모르는 곳에서 우리가 모르는 방식으로, 우리는 닿아 있을 텐데. 나랑 말 한마디 섞어본 적 없어도 내 목소리를 당신이 들었는데. 내가 헤어진 다음날 다시는 회복할 수 없을 정도로 깊게 파인 마음으로 녹음한 곡을 당신이 듣고, 당시 내 상황을 당신이 조금도 몰랐다고 해도, 당신도 내가 불러일으킨 기억으로 마음이 아팠을 텐데. 당신이 느꼈던 그 감정을, 다른 시간과 다른 공간에서 나 또한 똑같이 느꼈는데.

한 다리 건너서 닿는 건 아무 필요 없다고 생각한다면 당신은 짝사랑에 대해서 뭘 모르고 있는 것이다. 나는 로맨티스트다. 짝사랑이라면 좀 해봤다.

사랑을 하는 여자들

늘 그랬듯이 너는 누워서 휴대폰을 들여다보고, 궁금해서 슬쩍 머리를 가까이해보면 네 액정에 보이는 건 늘 같은 무슨무슨 게시판이다. 내 기준으로는 봐도 상관없고 안 봐도 별 상관없는 내용들이다. 아니면 오밀조밀한 그림들로 가득찬 게임. 남자들은 늘 일정량 이상의 잡동사니를 미리에 넣지 않으면 좀 허전한가보다 하고 새삼스레 나는 수긍한다. 하긴 여자들도 늘 일정액 이상의 잡동사니를 사서 옷장 안에 채워 넣지 않으면 허전해한다.

상대가 언제나 내게 백 퍼센트 집중하는 게 사랑의 증거라고 생각하지 않기로 마음먹던 순간이 있었다. 항상 그 순간에 감사하고 있다.

너는 친구도 만나야 하고, 일도 해야 하고, 게임도 해야 하고, 술도 마셔야 하고, 할 게 많다. 네가 괜찮다고만 하면 난 너한테 백 퍼센트도 집중할 수 있는데 너는 왜 아니지, 하고 물어봤자 아무 소용없다.

남자는 상대에게 인생의 백 퍼센트를 집중할 필요성 자체를 느끼지 않기 때문이다.

대다수의 남자에게 연애는 삶의 일부분인 것 같다. 연애 감정에 자신의 모든 것을 투자하지 않는다. 그런 점이 남자가 여자보다는 자신의 삶에 비교적 만족하면서 사는 요인 중의 하나라고 생각한다. 내 마음대로 할 수 없는 정도가 아니고 내 지분이 반밖에 없는 일에 한 인생을 전부 투자하는 일이 이성적이라 할 수는 없지 않은가. 사랑이 있어 인생이 아름답고 말고 하는 거 다 떠나서 냉정하게 손해득실만 따졌을 때 말이다.

남자들은 섹스에는 경우에 따라 상당한 투자를 한다. 심리적 결핍이 큰 경우엔 섹스에 에너지를 강하게 쏟는 경향이 있지만, 대부분은 에너지를 분산투자한다. 현명하다. 분산투자의 면모를 잘 보여주는 예가 사극이다. 비교적 '아저씨의 영역'인 사극에서 남녀상열지사는 남자의 운신 중요도에 있어 어디까지나 2순위이며 1순위는 이 한몸 떨치고 일어나 이름을 세우는 일이다.

남자가 깊은 감정 없이 성욕과 명예욕만 채운다고 비난하는 것이 아니다. 오히려 반대다. 남자는 '계집애처럼 뭘 그런 데 다 연연하냐'는 식의 분위기가 아직도 남아 있는 문화 속에서 자란 탓에 중요한 감정은 속에만 담아두는 면이 있다. 그래서 어떤 면에서는 감정의 뿌리가 아주 깊다.

나는 되레, 분산투자하지 않는 많은 여자들을 생각하는 중이다.

연애중에 직장이 있느냐 없느냐, 학교에 다니느냐 아니냐는 분산투자인지 아닌지를 결정하지 않는다. 하루 중 어디에 가장 마음을 많이 쓰느냐가 어디에 무엇을 투자했는지 결정한다.

분산투자하지 않으면 집중력이 높아져 인상적인 순간이 많이 남게 된다. 많은 사람들은 그 순간을 아름답다고 표현한다. 아름답고, 처연하고, 슬프게 빛나고, 사랑스럽고, 소중하고, 이 세상의 멋진 형용사는 죄다 갖다붙여도 부족할 것이다.

문제는 집중력이 높은 만큼 집착도 심하다는 데 있다고 생각한다. 나는 그랬다. 정말 행복하기만 하다면야 연애 감정에만 인생을 다 투자해버려도 아무 상관없을 거라고 생각했다. 행복한 순간도 있고 행복하지 않은 순간도 있겠지만 행복한 시간의 비율이 오십 퍼센트라도 되면 남는 장사라고 여겼다. 그만큼 행복한 순간이 사랑스러웠기 때문이다. 그러나 정직하게 돌아보았을 때, 모든 걸 투자한 연애가 어느 한 지점을 돌고 나서 행복한 시간의 비율이 정말 오십 퍼센트라도 되었던가, 아니 삼십 퍼센트라도 되었던가를 떠올려보면 대답이 쉽게 나오지 않는다.

'미칠 것처럼 사랑하기.'

미친 건 사랑이 아니라고 생각한다. 휘몰아치는 시간이 지나고 다시 깨어난 순간, 내 빈 손바닥을 망연자실하게 들여다보면서 알았다. 미

○

친 건 그냥 미친 거다.

내가 그를 더 사랑하면 그가 날 더 사랑하게 만들 수 있을까? 없다.

그런 종류의 사랑의 노력은 상대에게 너무나 큰 압박감을 준다. 남자는 압박을 싫어한다. 그가 나를 더 사랑하게 만들려는 속셈 없이 그저 사랑을 주면 가능할지도 모르지만, 애초에 그 자문의 의도는 그가 나를 더 사랑하게 만드는 것이다.

내가 더 예뻐지고 더 꾸미면 그의 마음을 돌릴 수 있을까? 없다.

더 예쁜 내가 그를 홀릴 수 있다면 더 예쁜 다른 여자도 그를 홀릴 수 있다.

여러 번 얘기하고 또 얘기하고 화내고 울어 그의 습관을 바꿀 수 있을까? 없다.

바뀌었다면 그가 스스로 노력했기 때문이다.

열정에 차 있다고 해도 고통은 말 그대로 고통일 뿐이다. 아무리 순간이 아름답게 느껴진들 슬픔이 질척거리는 진흙탕이라는 사실도 변하지 않는다. 젖은 옷을 입고서 춥지 않은 사람은 없다. 인간은 정온동물이다. 햇빛이 필요하다. 사랑의 집착만큼 여자의 얼굴을 추하게 만드는 것도 없다.

대가가 있는 노력에 사람이 힘을 싣는 게 아니었다. 대가가 따라붙는 게 확실하다면 사실 힘을 정도 이상으로 쓸 필요가 없으며, 자연스레 흐름을 타면 된다. 헛된 노력이 진정 나를 노력하게 만들었다. 손에

쥐어지는 게 없으므로 더욱더 악을 쓰면서 노력하게 된다. 말 하나마나 그건 무척 피곤한 일이다. 피곤해서 다른 일은 하나도 할 수가 없었다. 그러면서 사랑의 기쁨만큼이나 일적 성취의 기쁨도 크다는 것, 사랑의 기쁨만큼이나 우정의 기쁨도 크다는 걸 점점 잊어버린다. 머릿속에는 너, 너, 너밖에 없어서 너가 맴맴 돌고 있기 때문이다. 시간은 흐르는데 머릿속엔 그 사람의 기억과 관련한 감정만이 맴맴 돌고 있어서 새로운 일을 받아들이려 하지 않는다. 결과로 인생이 정지된다.

추억이 소중한 것은 그만큼 치러야 했던 대가가 너무나 컸기 때문인지도 모르겠다. 그런 대가를 잘 보여주는 옛날 말이 있다. '맘도 주고 몸도 주고 돈도 주고.' 시대에 따라 뭔가를 주는 게 각기 다른 중요도를 가지기는 하지만 여전히 사람이 가진 제일 중요한 세 가지가 맘, 몸, 돈이다. 나눈 것이 아니라 줘버렸다고 한다. 남자는 준다는 표현은 잘 쓰지 않는다. 그냥 사랑을 한다고 표현한다. 그건 능동태다. 준다는 건 말의 뜻과는 달리 어딘지 모르게 수동태의 느낌을 준다. 주면 더 받을 수 있을 것 같았는데, 더 받기는커녕 있는 것도 빼앗겨서 속이 터진다는 식.

남자한테 정신 팔려서 대단한 일을 하지 못했다까지 가기 전에 말이야. 내 말은 그냥, 너도 웃으면서 지낼 수도 있었다는 거지. 울고 화내고 슬퍼하는 데 그렇게 많은 시간을 보내지 않고, 웃으면서 지낼 수도 있었다는 거지. 밝은 날에 걸맞은 밝은 마음으로 사랑스럽게, 온화하게, 기쁘게. 다시는 오지 않을 그 꽃 같은 시간들을 말이야. 힘든 시간이 있어 비로소 오롯해진 사랑이니 어쩌니 하는, 남이 한발 떨어져서 하는 소리나 되뇌며 사랑이 실제로 당도한 현실에서 나는 얼마나 고개를 돌렸던가.

좋은 때도 있었다. 그러나 이 사랑이 반드시 어때야만 한다고 여길 때는, 상대가 옆에 있는 순간 자체의 고마움이 눈앞을 그저 스치고 지나갔다. 사랑이 끝났다는 사실보다 사랑할 때 순수하게 기뻐하지 못했다는 점이 더 슬프다.

지금 누군가를 목마르게 사랑한다면, 그 사람 없이는 못 살겠다면, 언젠가 반드시 그 사람에게 실망해서 헤어지고 다른 사람을 똑같은 방식으로 사랑하게 된다. 여자의 목마름은 타인으로는 해결될 수 없다. 그런 종류의 목마름이 아니기 때문이다. 이건 슬픈 일이 아니다. 정말 아니다. 목마름의 근원이 어디까지나 자신에게 있으므로, 헤맨 만큼 자기만의 방식을 찾아내기만 한다면 여자는 결국은 혼자서도 설 수 있는 생물이라 생각한다.

그 어딘가에 나만의 완벽한 누군가가, 언제든 열정적이고 언제든 나를 이해해주고 언제든 나를 보듬어줄 누군가가, 결국은 존재하리라는 환상을 깨버릴 수 있는 생물.

○

사랑을 하는 여자들. 누구에게도 털어놓은 적 없겠지만 애당초 그녀에겐 관계가 가장 중요했다. 산처럼 쌓아놓았으나 결국은 삶에 적용할 수 없는 지식에 대한 욕구도, 천하를 발아래에 두고 호령하려는 권력욕도, 모두에게 칭찬받으려는 명예욕도 진짜 관계가 주는 진짜 안정만큼 그녀에게 중요하지는 않았다. 그런 종류의 안정은 아무도 내게 줄 수 없다는 걸, 그건 스스로가 만들 수 있다는 걸 그녀가 가슴 깊이 알게 되는 날, 눈앞에서 오랜 산이 무너지고 바람이 먼지를 휩쓸어가 결국 아름다운 초록 들판이 펼쳐질 것이다. 공기가 맑고 맑아, 보는 눈이 다 시원하리라.

그런 날이 오기를 기다리고 있다. 내게, 그리고 너에게. 사랑을 하는 여자들에게.

혼자 서 있을 수 있으므로 드디어 누군가에게 기댈 어깨를 내줄 수 있다. 상대의 무게를 지탱할 수 있다. 안아주고, 보듬어주고, 이해해준다. 보듬어지지 못하고 이해받지 못할까 두려워하고 분노하는 날들은 이미 어제가 될 것이다. 힘든 시간이 있어 비로소 오롯해지는 사랑이라는 말은 결국 사실일 것이다. 사랑의 감정이 아니라 사랑의 능력이 오롯해진다.

우리는 주변에서 사랑을 하는 여자들을 늘 보지 않는가. 여자는 사랑을 한다. 사랑을 하고 있으니 또한 점점 강해지기도 하는 것은, 단순히 시간의 문제다.

포비아

"네가 모르나본데, 남자들은 남자를 지이이이이인짜 싫어하거든."

"뭐 남자들은 둘이 다니는 거 보통 싫어하기는 하죠. 여자들은 둘이 같이 걸어갈 때 팔짱 끼고 손잡고 하는데."

"전에 어떤 놈이랑 둘이서 술을 마시다가, 첨엔 서먹서먹했는데 나중엔 완전 친해졌거든. 둘이 거나하게 취해서 담엔 우리집에 가서 또 신나게 퍼마셨어. 그러다 그 친구가 나한테 자고 가도 되냐고 그러는 거야."

"게이 아니죠?"

"아녀."

"게인데 오빠가 몰랐던 건 아니고?"

"아니라니까. 내가 단박에 거절하니까 그 친구가 좀 서운해하기는 하데. 에이 형, 하면서. 그래서 내가 상황 설명 또 들어갔지. 내가 너는 참 좋아하는데, 남자를 너어어무 싫어하기 때문에 같은 방에서 재워줄 순 없다고. 그랬더니 걔가 바로 아, 하고 알아듣는 거야. 남자들은 그런 건 또 서로 오케이? 오케이거든. 지도 그러니까 내가 왜 거절하는지 이해되겠지. 그래서 기분좋게 빠이빠이 하고 집에 갔어."

"뭐, 나도 친구여도 집에서 재워주긴 불편할 때도 있던데."

"아 내가 이 얘기까진 안 하려고 그랬는데, 얘기해줄게. 근데 이런 얘기까지 너한테 해도 되는지 모르겠네."

"이제 와서 우리 사이에, 오빠."

"내가 있잖아, 야동 볼 때 모자이크 없는 건 안 보거든. 왠 줄 아냐?"

"왜요?"

"남자 거 보기가 싫어서."

"하하하하 오케이, 인정."

"이게 바로 전문용어로 ㄱㅊ포비아라고."

내 감자는 나의 것°

꽃 좋아하세요? 하고 묻는 건 음악 좋아하세요? 하고 묻는 거랑 비슷하게 별 의미가 없지만, 막상 생각해보면 꽃에 별 관심이 없는 사람도 은근히 많다. 발표회나 공연 때 꽃을 받으면 들고 가기 귀찮다거나 혹은 좀 민망하다는 이유로 선물한 사람이 돌아서자마자 꽃을 쓰레기통에 버리는 사람도 본 적 있다. 꽃이 시드는 걸 보기 싫어서 꽃다발 받는 게 별로라는 반응도 보았다.

한 드라마에서 남녀가 빨간 장미 때문에 싸우던 장면이 떠오른다. 여자는 기념일에 남자에게서 장미를 받는다. 그런데 여자는 시큰둥하다. 예전에 자기가 빨간 장미를 싫어한다고 말한 걸 남자가 기억하지 못한 것이다. 별로 고마워하지 않는 여자를 보고 남자는 '그래도 내가 당신한테 꽃을 주었잖아? 고맙다는 말 한마디하기가 그렇게 어려워?' 하며 화를 낸다. 여자는 자기가 싫어하는 걸 선물로 주었는데 왜 고맙다 말해야 하냐며 되묻는다. 그뒤로는 서로가 하는 말의 반복이다. '왜 내가 말한 걸 기억 못해?'와 '그래도 고맙다는 말 한마디는 할 수 있잖아!'가 이리 비틀리고 저리 비틀리면서 이 낱말이 덧입혀지고 저 문장이 끼어들어가면서 난리도 아니지만, 아무튼 골자는 같다는 점은 변함이 없다. 각각 '내 말을 기억해주는 것'과 '그래도 내가 뭔가 애썼다면 고마워해주는 것'을 상대가 자신을 사랑한다는 증표로 삼아 서로 원망하고 을러댄다.

커플의 싸움에서 그 소재와 정황이 비 온 뒤 잡초처럼 무성하고 다양할지도 모르지만, 내 경험상 패턴은 거의 같다. 이번 싸움의 뿌리를 호미로 쓱쓱 캐보면 어머나 저번이랑 같은 감자 덩이일 뿐이잖아, 싶어지는 것이다. 네 감자나 내 감자나 어느 쪽 할 것 없이 둥글넓적하고 시커먼 것이 참 꽉 막히게도 생겼다. 같은 곳이 건드려지고, 상대가 안 바뀐다는 걸 알면서도 독이 오르고, 머리가 지끈지끈해질 만큼 격해진다. 커플 간의 싸움만큼 논리가 통하지 않는 분야도 드물 것이다. 둘이 바보여서가 아니다. 자신의 해묵은 감정, 감자 덩이는 상대의 어떤 논리로도 잘 포기되지 않기 때문이다. 일시적으로 수긍하고 어느 한쪽이 물러선다고 해도 감정은 잘 정리되지 않는다. 그리고 무의식적으로 다음번 입씨름을 호시탐탐 기다리게 된다. 뛰어오르려고 한발 물러선 개구리처럼. 개굴개굴개굴.

커플 간의 이 풍진 세상에서 내가 내린 결론은 다음과 같다. '사랑이

○

고 사랑 할아버지고 간에 내 감자는 나의 것이다. 내 감자는 내가 알아서 캔다. 상대가 늘상 캐주길 바라면 서로 곱지 않은 말을 주고받게 된다.' 당연히 생활에 쉽게 적용되지는 않는 결론이기는 하다. 그래도 이런 자작농 정신을 가지고 싸우면 좀 나았던 것 같기도 한데.

캐놓고 보면 해묵은 감정 감자도 그닥 나쁘지 않다. 감자란 건 흙속에 있을 때나 험하지 먼지를 털고 물에 씻어 쪄 먹으면 포근포근하니 꽤 맛이 있다. 김도 예쁘장하게 모락모락 난다. 소금에 찍어서 먹으면 아무려면 밥보다야 못하지만 일단 허기도 면할 수 있다. 진수성찬을 요리하려면 일단 감자 같은 걸로라도 배 속이 어느 정도 차 있어야지, 아니면 배고파서 요리고 뭐고 할 수 없으니까.

자, 오늘도 감자나 푹푹 쪄 먹어야지.

하드보일드 러브 라이프

아무리 곁에 있어도 실은 없는 채일 수도 있다는 절망에 빠져, 몸을 웅크리고 누워 있다. 내게 확실히, 정말 확실히 있는 게 무언가 생각한다. 몸속에 심장이 뛰는 게 느껴졌다. 두근두근두근두근.

네가 나를 사랑하든 안 하든, 어떤 방식으로 사랑하든, 그 방식이 내 맘에 들든 아니든, 나한테는 내 심장이 있다. 내 몸이 있다. 내 감정이 있다. 거기서부터 시작하자. 울지 말자. 지금 울면 나중에 눈물이 열 배로 되돌아오니까, 아니까.

독 °

눈을 보고 이야기하세요, 눈은 마음의 창, 이런 얘기 자라면서 다들 한 번쯤은 들어보았을 것이다. 그렇지만 실은 그 반대의 경우에 오히려 대화가 잘 흘러가기도 한다. 예를 들면 운전석과 조수석에 나란히 앉아 눈앞의 풍경을 보면서 이야기할 때.

눈을 보지 않고 이야기하면 '우리는 대화중이다'라는 의식이 없어서 좋다.

너의 미세한 표정을 읽고 싶어, 너의 입매가 올라가고 내려가는 걸 통해서 네가 얼마나 나를 좋아하는지 알고 싶어, 내 말에 얼마나 동의하고 반응하는지 알고 싶어, 라는 심정은 눈을 보고 이야기하는 행위의 밑바닥에 담겨 있다. 짜릿함이야 흐르지만, 그게 가끔 얼마나 아름다운지도 알고 있지만.

상대에게 집중하지 않고서도 대화는 가능하다. 그리고 집중하지 않

°

는다는 것은 꼭 산만함이나 관심 없음을 뜻하는 것만은 아니다. 좋은 종류의 집중 없는 상태. 그것은 공기가 통하는 쾌적한 방에 앉아 있는 것과 같다. 상대의 반응을 감시하지 않아도 된다는 편안함이 서로가 정말 하고 싶은 말을 할 수 있게 만든다. 그러니까, 유사 연애 관계에 대해. 전에도 그랬고 앞으로도 사귀거나 자게 될 가능성은 절대 없는 상대, 그러나 너무나 많은 연애 요소를 담은 관계에 대해. 혹은 보람찬 중에서도 문득 가슴 한구석에 서늘하게 찾아오는 공허함에 대해. 아버지에 대해. 아무것도 아닌 데서 오는 찬란한 기쁨에 대해. 앞뒤가 맞지 않지만 실제로 존재하는 적대감에 대해. 이해받지 못할 것 같은 서글픔에 대해. 그런 자연스러운 대화에서 중간중간 흐르는 정적은 눈에 띄지도 않는다.

너와의 관계, 운전하는 너의 옆얼굴, 각진 어깨, 낮은 웃음소리, 남자만이 지닌 독특한 저음.

아아, 나는 관계라는 것에 얼마나 많은 가치를 부여했던가. 그리고 얼마나 기뻐하고 얼마나 슬퍼했던가.

그렇지만 세상에는 관계도 있고 피아노도 있고 도로 표지판도 있으며 아무 쓸데없는 먼지나 예쁘지만 등받이가 불편한 의자도 있고 기린도 고양이도 있고, 그 밖의 잡동사니와 잡동사니 아닌 것들이 전부 존재한다는 사실을 가슴 깊이 느끼는 데서 오는, 이 안도감이여. 내가 이 관계에서 망하거나 잘되거나 상관없이 이 세상은 그대로 흐르고,

안개 같은 내 감정도 단단한 저 빌딩도 감쪽같이 사라지고 또 바뀐다는 것, 그런 데서 오는 허망함과 체념이여. 체념이 주는 편안함이여.

우리가 연애할 때 나는 너의 눈을 정말 많이도 쫓아다녔지. 그리고 정말 많이도 불안했었어. 네 눈동자가 어딘가로 움직인다는 사실 자체만으로도 나는 얼마나 많은 생각을 했는지 몰라.

관계는 소중했지만 나는 숨도 제대로 쉴 수가 없었어. 숨을 쉴 수가 없고, 아름답고, 그렇지만 숨도 쉴 수가 없고, 흐르는 눈물로 나는 가슴 깊이 나 자신에게 말했어.

이것이 독이구나. 이걸 바로 독이라고 하는 거구나. 이게 바로 마음이 움직이는 데 대한 대가구나.

지는 목련

봄이 막 시작되려고 하는데 목련은 이미 지고 있어. 하얀 꽃잎이 누군가 손으로 쥐어서 구겨버린 것처럼 여기저기 찢어져서, 갈색이 되어서, 싸늘한 저녁 공기에 떨고 있어. 엄마, 나이가 들수록 감각이 무뎌진다는 건 거짓말인 것 같아. 무뎌질 수가 있을까. 그럴 수 없을 것 같아. 엄마, 나는 아직도 이불을 뒤집어쓰고 소리를 질러. 며칠 전이야. 내 입에서 괴물 같은 소리가 나오더라. 소리의 압력이 목을 긁어서 목이 아픈데도 계속 소리를 질렀어. 무서워서 거울을 볼 수 없었어. 얼굴이 갈색이고 머리카락이 곤두서고, 눈이 터질 것처럼 눈꺼풀이 위로 치켜 올라가고, 거대한 나무뿌리 같은 게 얼굴을 휘감고 있는 모습을 볼 것만 같았어. 화는 무서운 거야. 전엔 우는 걸 들키기 싫어서 눈을 계속 감고 있었더니 눈을 뜰 때 무표정한 얼굴에 눈물이 투두둑 떨어지더라. 저수지의 물길을 열어놓은 것처럼.

내가 이래서 미안해 엄마. 엄마가 최선을 다해서 키워줬는데 이런 나여서 미안해 엄마.

화내도 괜찮아, 하는 엄마 목소리가 들리는 것 같아. 이럴 때 전화하고 싶은데 이럴 때일수록 전화를 잘 못하겠어. 내가 왜 이러는지 설명도 잘 못하겠어. 엄마가 괜찮다고 말하면 그때야말로 정신 놓고 울어버릴 것 같아. 아니, 그냥 차갑고 담담하게 말할 것 같아. 잘 지낸다고.

엄마, 내 마음속에 뭐가 들어 있는지 잘 모르겠어. 다들 그럴 때가 있다고 생각하려 애쓰는 내가 치사해. 다들 이러지는 않는 것 같아. 내가 정말로 하고 싶은 일은 마음껏 우는 일밖에 없는 것 같아. 온몸의 물이 다 빠져나가버릴 정도로 울어버리는 일밖에 없는 것 같아. 물이 다 빠져나가서 내가 마른 가루가 되어버렸으면 좋겠어. 녹차가루나 녹말가루나, 뭐 그런 게 되어버렸으면 좋겠어. 그러면 가벼울 것 같아. 그러면 그럴 일도 아닌데 왜 이렇게까지 느끼냐는 자책은 하지 않을 수 있을 것 같아. 세상 사람들은 훨씬 더 괴로운 일을 겪는데 나만 왜 투정이냐는 답답함은 버릴 수 있을 것 같아. 울고 싶다고 울 수 있는 게 아닌 것 같아. 내 목에 무언가가 꽉 눌려 있어서. 어떻게 하면 이걸 벗어버릴 수 있을까. 눈을 감으면 저멀리에서 내가 나한테 뛰어와서, 개처럼 내 목을 물어뜯는 것 같아. 그런 게 보이는 것 같아.

엄마는 뭐가 제일 힘들어? 엄마는 뭐가 제일 슬퍼? 어떤 기분이야? 엄마, 나는. 나는. 그 뒷말을 하기가 너무 힘들어서, 힘든 채로 지금까지 살아온 것 같아. 나는, 그 뒷말을 할 수가 없어서. 왜 할 수 없는지도 잘 몰라서.

엄마, 목련이 지고 있어. 질 때도 아닌데 지고 있어. 목련은 희고 부드럽고, 꽃잎을 만져보면 아직도 물이 통통하게 올라 있는데도, 지고 있어. 봄 저녁의 희미한 온기 속에 휑하게 서 있어. 밤공기 속에 먹히고 있어.

이과생의 아름다움 °

오랜만에 신촌 버거킹에서 점심을 먹었다. 쟁반을 들고 이층으로 올라가자 바로 어리벙벙해지고 말았다. 테이블에 앉아 있는 사람들이 단한 명도 빠짐없이 전부 이십대 초반의 남자들이었기 때문이다. 언제 마지막으로 이런 광경을 보았는지 기억도 나지 않는다. 한 플로어의 모든 테이블이, 점심시간을 이용해 학교에서 빠져나온, 뺨이 보송보송한 남자애들만으로 가득차 있었다. 웅성웅성 복작복작. 우리 아빠가 내 콘서트에 와서 주변에 이삼십대 여자들밖에 없을 때 이런 기분이려나? 실제로는 사십대도 은근히 있다. 당황한 아빠 눈엔 안 보이는 것뿐.

그리고 보니 이런 광경을 마지막으로 본 게 언제인지 기억이 날 것도 같다. 대학원 다닐 때였다. 춥디추운 겨울 아침, 기숙사에서 비척비척 걸어나와 겨우 학생식당에 도착해 홀로 밥을 먹고 식판을 들고 일어나는데 순간 감탄해버렸다. 눈앞에 새카만 파카와 새카만 짧은 머리들의 바다가 펼쳐져 있었던 것. 하얀 테이블에 이 빠진 듯 하나둘씩 앉아 있는 까만 파카들. 내가 공대를 다닌다는 건 알고 있었지만 그래도 백 평은 될 이 넓은 공간에, 전부 다 남자. 전부 다 까만 파카.

전부 까만 파카였다는 점을 들어 남자 공대생의 패션 감각에 의문을 표하는 건 아니다. 남자 공대생들이 전부 공대생 드라마에 나올 법한 너드도 아니고, 패셔너블한 축도 꽤 많다. 그렇지만 나는 그, 이과생에 대한 전통적인 편견 속에 등장하는, 복장 같은 것에는 신경쓸 틈이 없다는 듯한 무심함을 굉장히 좋아하는 편이다. "저 하늘의 카시오페이아를 봐. 저렇게 별들이 반짝이는데…… 이렇게 우주가 무한한데…… 파헤쳐지기를 바라는 신비가 우리를 부르는데…… 내 셔츠가 다려지지 않은 것쯤 무엇이 그렇게 대수겠어?" 하는 듯한 그 마이 페이스, 모두에게 이해받지 못할지도 모르지만 진지하기 그지없는 호기심, 인생의 다른 면에 있어서는 좀 균형이 맞지 않을지 몰라도 선택한 것에 대해서는 전력 질주하는 집중력.

나만의 환상일까? 그렇지만 나는 그 진지함의 한 단면을 목격한 적이 있다. 사소한 일이긴 하지만. 한국천문연구원 소백산천문대에 갈 일이 있었는데, 그곳 연구원의 강연에서였다. 거기서 본 천문학자가 그랬다. 그는 더 큰 우주망원경을 설치하기 위해 정부를 설득한 이야기를 했다. 우리나라는 훌륭한 연구 실적에도 불구하고 다른 선진국에

○

비해서 너무나 작은 망원경을 가지고 있다고 한다. 망원경이 커야 우주를 잘 관찰할 수 있기 때문에, 큰 망원경은 연구에 압도적으로 중요한 요소라고 한다. 그래서 그가 한 일은 다음과 같다.

미국, 일본, 캐나다, 멕시코 등등이 보유한 망원경 사이즈와 한국이 보유한 망원경 사이즈가 그림으로 그려진 책받침을 만들어서 관료들에게 돌린 것이다.

나는 그 장면을 떠올리면 지금도 슬금슬금 웃게 된다. 공책 뒤에 고이 받치고 또박또박 예쁘게 글씨 쓰라고 준 건 아닐 테고. 아마 그만큼 정성을 들인 것일 게다. 색색으로 눈에 확 띄게 뽑아서 전체를 코팅한 두텁고 빠닥빠닥한 책받침이 다른 산더미 같은 희고 얇은 서류들 사이 군계일학처럼 돋보이도록. 그래서 한 번이라도 더 망원경 투자 지원을 고려하도록. 나는 잠시나마 그가 책받침을 돌리던 그 발표 현장을 상상해본다. 이런 말을 하지 않았을까. "이보십시오! 우리나라 같은 나라가 도대체가 멕시코보다도 작은 망원경을 가지고 있어서야 되겠습니까?" 그리고 옆에 있는 멕시코에서 유학 온 연구원을 보고서 "No offence, 기분 나쁘라고 한 말은 아냐"라고 덧붙였겠지.

그 노력이 효과가 있었는지 천문연구원은 마침내 정부의 지원을 받아 현재 커다란 망원경을 건설중이라고 한다. 강연 끝에 틀어준 홍보 영상엔 완공된 모습을 예상해 그려놓은 장면이 있었다. 영상을 보는 그의 표정이 어찌나 흐뭇한지, 처음으로 "아빠!"라고 입을 뗀 아들내미라도 보는 것 같았다. 일 분 남짓의 영상이 끝나자 "다시 볼까요?"라며 한 번 더 틀어주었을 정도다. 아무도 한 번 더 보자고 청하지 않았는데. 강연을 듣던 청중들이 그런 그를 보고 빙그레 웃을 정도였다. 그랬다, 그건 정말이지 사랑에 빠진 표정이었다.

친구가 없다니까요

친구가 많다고 얘기하는 사람은 증권 스터디 블로그에서나 볼 수 있는 건지, 어느 책이고 펼쳐보면 친구가 없고 사람이랑 친해지기가 어렵다고 말하는 사람뿐인 것 같다. "네, 친구 많아요"라고 얘기하는 건 어쩐지 자랑 같아서 굳이 입 밖에 내지 않는 걸까? 친구가 많다고 말하는 순간 그 사람이 내 친구가 맞기는 한지, 의문이 머리를 스치기 때문에 굳이 생각하지 않는 건가? 하긴 자기계발서에도 '사람의 마음을 사로잡는 법' 같은 거나 중요하게 나오지 '사람의 마음 사로잡지 않고 그냥 잘해주는 법' 같은 건 안 나온다. 그런 건 아무도 궁금하게 여기지 않는 것 같다.

사로잡긴 뭘 사로잡아. 그냥 솔직하게 '사람의 마음 내 맘대로 조종하는 법'이라고 제목 붙였으면 좋겠다.

나는 묻고 싶다.

정말 사람이랑 같이 있고 싶은가?

아니잖아요. 아닌 것 같은데?

그 관심이, 내가 관심받고 싶어서 투자하는 관심이 아니고 타인에 대한 순수한 관심이 맞나요? 아닌 경우도 많을 것 같은데요.

나는 스물한 살 가을 생일날, 아무도 생일을 축하해주지 않아서 울었다.

당시 내가 생각하는 생일이란 그런 게 아니었다. 서프라이즈 파티는 아니더라도, 따뜻하고 로맨틱한 분위기 속에서 남자친구랑, 아니면 친구들이랑 가을 바닷가에서 모래 장난이라도 하면서 보내지 않을까 상상했다. 내내 기다렸는데 몇 있지도 않던 그 친구란 것들은 아무도 내게 연락하지 않았다. 애초에 생일 축하받는 게 그렇게 중요하다고 생각했던 건 아니었지만 생일 축하가 없음은, 아무도 나를 사랑하지 않는다는 뜻으로 느껴졌다.

종일 참담한 심정으로 있다가 그날 밤 내가 안 것은, 그해에 나는 친구 중 누구의 생일도 챙겨주지 않았다는 사실이었다. 나는 누구의 생일도 정확히 기억하고 있지 않았다. 누군가가 친구의 생일날 돈 모아서 선물을 하자는 제안을 하기 전까지는 내가 먼저 적극적으로 챙겨주지는 않았던 것이다.

그 시절 나한테 친구란 건 뭐였을까? 누구에게라도 마음을 열고 있었을까? 누구한테 정말 관심을 가지고 있었을까? 나를 이해해주는 도구로만 생각했던 건 아닐까. 남의 안위를 신경쓰고, 정말 행복한지 관심 가졌던 게 아니었다. 정말 솔직히, 그때의 나는 나를 행복하게 하기 위한 도구가 아니라면 남한테 관심이 없었다.

우리는 다른 사람을 이용한다. 이용이라는 말이 혹시 과하게 들린다면, 이용이라는 단어를 정의해보면 된다. 이용이란 자신의 이득을 위해 사람이나 대상을 쓰는 것을 말한다. 돈이나 지위를 얻으려고 알랑방귀를 뀌는 빤한 수작만이 이용이 아니다. 심리적인 이득이 진짜 이득이 되기도 하니까. 미묘하게, 교묘하게, 스스로를 속여가며 남을 이용한다. 특히 중요한 관계일수록 더 이용한다.

부모 자식 관계. 피곤한 아이들을 휘어잡아가며 닦달해 학원을 보내는 이유 중 하나는, 애가 잘나서 성공하면 부모인 자신이 우월감과 성취감을 느낄 수 있기 때문인 것도 있다. 부모 스스로도 그런 자기 심정을 모를 수는 있다. 성공해야 행복하다는 것을 자식에게 은연중에 암시하기도 한다. 그렇지만 정말 성공해야 행복하다고 생각한다면, 그것은 스스로 원하는 만큼 성공하지 못한 부모 자신의 콤플렉스 때문일지도 모른다.

연인 관계. 온갖 협잡, 거짓말, 난도질, 복수의 현장이다. 질투는 사랑의 증거라니, 무슨 말씀을. 넌 내 거란 말이 듣고 싶다니, 한 번 실제로 들어보고 여러 번 반복해서 들으면 그게 진짜로는 무엇의 증거인지 알게 된다. 관계가 절대로 변하지 않을 거라는 확신(그 유명한, 누구나 가지고 있는, 세상에서 제일가는 허황된 욕심)이 필요한 것이다. 상대가 자신 말고 어떤 이성과도 시간을 보내지 않는다는 게 자신과의 관계가 깊다는 걸 보장하지는 않는다. 말이 바른 말이지, 정말 마음이 떠나고 싶으면 밤 몇시든 낮 몇시든 일어날 일은 일어난다. 내 기분대로 '이런 건 당연한 거 아냐?'가 곧바로 튀어나오기도 한다. '네가 어떻게 이럴 수 있냐'면서, 내 권리가 침해당했으니까 넌 이런 꼴 당해도 싸다는 식의 말로 상대를 난도질하고 상처 낸다. 사랑한다고 했잖아. 사랑한다면서 상대 기분을 정말로 처참하게 꺾어 누르며 복수한다. 사랑한다면서 상대도 자기만큼 고통스럽기를 바란다. 사랑이란 나는 괴로워도 너는 괴롭지 않길 바라는 건데도.

전화도. 나는 전화라는 건 사실 은근히 폭력적인 물건이라고 생각한다. 언제든 네가 노크하면 내가 늘 문 열어줘야 돼? 아니 사랑 들먹이지 말고.

우리는 사랑으로 용인해달라고 하는 게 정말 너무 많다. 전화해줘. 관심 가져줘. 이해해줘. 내 말대로 해줘. 내가 말하는 것과 같은 사람이 되어줘. 내 옆에만 있어줘. 내 취향이랑 비슷한 취향을 가져줘. 내 생각이랑 비슷한 생각을 가졌으면 좋겠어. 이런 걸 전혀 요구하지 않는 사람은 마더 테레사 정도겠지만, 사랑이라는 이름 아래 이 요구들이 정도를 넘어서는 경우는 얼마나 흔한가. 자기 복제 로봇이랑 사귀면 딱 알맞을 것 같다.

자기의 여러 욕구 때문에 남을 이용하는 건 성욕 때문에 원나잇 하는 거랑 어떤 차원에선 크게 다르지 않은 것 같다. 남을 통해 자신을 채우고자 하는 욕구라는 면에서는 똑같으니까. 관심 뜯어내고자 하는 욕망이 성욕보다 더 성스러운가?

사랑이 뭔진 몰라도 그냥 소박하게, 내 맘대로 안 되지만 그래도 아껴주는 거 정도로 하면 안 될까? 이해는 안 되지만 지도 뭔가 사정이 있겠지 하고 눈감아주고, 감기 걸리면 목도리 한번 여며주고, 울면 괜찮다고 안아주는 정도로 하면 안 될까?

당신은 열정이라고 말한다.

사랑이라는 이름의 착취욕, 아닌 거 맞나요?

○

살아 있다는 증거를 들려줘°

가만히 귀를 기울이고 있다보면 가끔 삭삭 하고 바닥을 긁는 소리가 들린다. 태어난 지 일주일 된 새끼 고양이가 어미의 젖을 향해서 기어가는 소리다. 소리가 들리지 않으면 둘 중 하나다. 배불리 먹고 어미 품에서 새근새근 자고 있거나, 아니면 죽었거나. 볼 수 없으니까 소리로 판단할 수밖에 없다. 나를 경계한 어미가 서랍이 열려 있는 틈을 타 그뒤로 새끼를 데리고 들어가버렸기 때문이다. 덕분에 나는 서랍을 닫지도 못한다. 또, 자꾸 들여다보면 어미가 스트레스를 받아 아예 새끼를 돌보지 않을지도 모른다. 새끼가 벌써 다섯이나 죽었다.

침울해지다가 마음을 고쳐먹었다. 하나는 살아 있잖아.

삼 주 전 임신한 채 우리집에 온 고양이는 마치 불편한 세입자 같았다. 어딜 봐도 반려라는 개념 안에 이 고양이를 넣을 수는 없을 것 같았다. 늘 내 눈치를 보고 조금이라도 다가가면 도망가고, 나랑 눈이

°

마주쳐서 보고 있으면 결사적으로 경계했다. 내가 눈싸움에서 밀릴 정도였다. 나중에는 고양이가 있는 쪽은 일부러 쳐다보지도 않았다. 하도 긴장하는 게 안됐어서. 얄밉기도 하고. 낯선 곳에 온 고양이에겐 적응 기간이 필요하다고 들었기에 그러려니 하고 있었다.

인터넷에서 수없이 보고 꿈꿔왔던 모습, 무릎 위에서 애교 있게 골골대고 아니고는 알고 보니 하나도 중요한 문제가 아니었다. 새끼를 낳지 않을 때 그런 건 아무래도 좋았다. 그러나 새끼를 낳고 나자 어미에게 내가 가까이 갈 수 없다는 것은 커다란 짐이 되었다. 내가 돌봐주려고 하면 어미는 말도 못하게 싫어했다. 싫어하는 정도를 넘어 어미가 새끼를 죽일까봐 겁이 났다. 고양이는 경우에 따라 사람 손 탄 새끼를 물어죽일 수도 있다는 얘기까지 들었다. 안 돌봐주자니 새끼의 안위가 걱정됐다.

한 마리는 사산이었다. 초산인 이 초보 엄마 고양이는 제 새끼들을 제대로 돌보지 않았다. 새끼가 빽빽 울어도 다가가서 품어주는 일이 없었다. 보통은 새끼가 울어대면 옆으로 벌렁 누워 젖을 물린다던데. 개중에 비교적 건강해서 제 젖에 제대로 엉겨붙는 한 녀석만 품어주었다. 나는 긴 막대기로 새끼들을 어미 배 옆에 계속 밀어주었다. 별 소용은 없었던 것 같다. 제대로 먹지 못했는지 원래 너무 약했던 건지 난 지 몇 시간 만에 두 마리가 죽었으니까.

불안해서 고민 끝에 결국 인공수유를 결정했다. 분유를 사러 갔다

온 사이 한 마리가 더 죽어 있었다. 새끼가 어찌나 작던지. 쥐 같았다. 분유를 절대로 순순히 먹으려 들지 않았다. 눈도 못 뜬 게 있는 힘을 다해서 고무젖꼭지를 이리로 피하고 저리로 피하고, 다리를 마구 휘저으면서 내 손에서 벗어나려고 안간힘이었다. 태어난 지 이틀 된 새끼 고양이의 입은 말할 것도 없이 너무나 작다. 그리고 붉다. 그 작은 입을 최대한 벌려가면서 싫다고 소리를 지른다.

미이이잉. 미이이잉.

억지로 먹이다가도 이게 뭐하는 짓인가 싶어서 마음이 쓰라렸다. 병원에서는 새끼가 싫어해도 먹이라고 했지만 나는 반신반의했다. 동물의 본능을 믿어야 하지 않을까. 혹시 내가 안 보는 사이에 그래도 어미젖을 좀 먹고 배가 부른 건 아닐까. 그러다가도 이미 죽은 세 마리를 떠올리고는 고개를 저었다. 그렇게, 그렇게 먹기 싫어? 절대로 싫어? 엄마가 주는 거 아니면 싫어? 이거 안 먹으면 죽을지도 모르는데 그래도? 내 말을 알아들을 수는 없겠지만 나는 젖먹이들을 어르고 달랬다. 응, 힘들지, 딱 세 번만 먹고 그만 먹자. 아우성을 치려고 입을 벌릴 때에 맞추어 고무젖꼭지를 입에 집어넣었다. 많이 먹인 것 같았는데 젖병 속 분유는 좀처럼 줄어들지 않았다. 한 마리를 먹이는 데 이십 분 정도 걸렸고, 두 마리를 먹이다보면 그럭저럭 한 시간이 갔고, 두 시간 후에 다시 젖병을 물려주었다. 밤에도 알람을 맞추어놓고 일어났다.

○

얼마 뒤 나는 젖을 먹는 한 마리를 제외한 나머지 두 마리를 인공수유센터에 보냈다. 두 시간마다 한 번씩 한 달간 인공수유를 할 자신이 없었다. 그럴 시간도 없었다. 새끼를 보낼 때 어미에게 마지막으로 보여주었는데, 어미는 별로 신경쓰지 않는 것 같은 표정이었다. 야옹 한 마디도 하지 않았다.

그날 밤, 잠자리에 들자 손에 새끼가 꿈틀거리는 감촉이 느껴졌다. 종일 바다에서 튜브를 타고 논 날에 눈을 감으면 둥실둥실 하는 느낌이 남는 것처럼.

다음날 두 마리가 결국 죽었다는 연락이 왔다.

남은 건 어미가 처음부터 돌보던 한 마리뿐이다. 어미는 알고 있었을까, 이렇게 될 줄? 그래서 한 마리만 돌보았던 것일까.

애초에 내가 어떤 간섭도 하지 않았다면 어땠을까. 어미가 스트레스도 덜 받았을 것이고, 그러면 새끼에게 젖을 좀더 잘 먹이지는 않았을까. 어차피 죽을 거라면 어미 품에서 떼어놓지 않는 편이 좋았을까. 혹시 억지로 먹인 분유가 폐로 들어간 건 아닐까. 병원에서는 "돌보지 않고 그냥 두었다가 죽었다면 마음이 훨씬 더 상했을 거예요, 그래도 최선을 다해보셨으니까요"라며 위로해주었다. 맞는 말 같았지만 그래도 무거운 마음이 쉽게 풀어지지는 않았다.

자꾸 보면 더 가슴이 아프리라는 걸 알면서도 젖먹이 새끼 사진을 휴대폰 바탕화면에 걸어두었다.

막상 같이 있을 때는 귀여운 줄도 몰랐다. 잠도 부족했고, 제 책임을 나한테 미루는 어미한테 화가 나고, 빽빽 우는 소리는 시끄럽고, 불안 해서 가슴이 답답하고, 젖병을 물릴 때는 필사적으로 새끼의 입이 벌 어지는지 안 벌어지는지만 보느라 다른 데는 볼 생각도 안 들고, 사람 손타면 어미가 물어버릴까봐 맨날 수건으로 싸서 잡았으니 맨손으로 쓸어보지도 못했다. 새끼가 저체온증에 걸리지는 않을까 5월에 보일 러를 틀어놔서 집 안 공기가 텁텁하기 그지없었다. 새끼를 돌보느라 어미의 화장실을 치워주지 못해 고양이 오줌 냄새가 코를 찔렀다. 분 유와 젖병은 비쌌다. 안 좋은 것투성이었다. 그런데 새끼의 사진을 볼 때마다 나는 그 녀석들이 보고 싶다. 동물도 이런데 아이는 어떨까. 이 런 걸 느낄 때면 내가 키우게 될지도 모를 아이라는 존재가 나는 되레 두렵다. 힘들어도 사랑한다는 것, 그 감정의 깊이, 그 어마어마한 것, 평범해서 더 놀라운 것.

엄마랑만 할 수 있는 일

엄마, 나는 가해자야. 내가 바로 가해자야. 나는 정말 너무 못됐었어. 몰랐다고 해도 내가 용서받을 수 있을까? 정말 잘못했는데 이제 와서 되돌릴 수 있는 방법이 아무것도 없어. 그래, 내가 걔를 망쳤는지도 몰라. 내가 왜 그랬는지 모르겠어. 아니 알아. 어쩔 수 없었지만, 엄마, 정말 너무 후회가 되어서 가슴이 터질 것 같아. 나는 이렇게 혼자서 행복해졌는데 걔는 아직도 힘들까봐 걱정돼. 엄마, 내가 너무 잘못했어.

　나는 엄마한테 전화하면서 울었다. 친구 앞에서도 연인 앞에서도 그런 종류의 울음이 나오지는 않았다. 엄마 앞에서만 그런 울음이 나왔다. 길거리에서 그렇게 엉엉 울고 있는데 어떤 차가 내 옆에 서서히 서더니 창문을 내리고 "여기 한강공원 입구는 어디로 가나요?" 하고 물었다. 나는 얼결에 돌아보았고, 운전하던 아저씨는 그제야 내 얼굴을

○

보고는 당황한 얼굴을 했고, 나 또한 당황하면서, 눈물을 닦아내고 손가락으로 오른쪽을 가리켰다. 민망해하며 그는 후다닥 출발했다. 멀어지는 차를 보는데 눈물이 멈추고, 불현듯 웃음이 나왔다. 엄마한테 방금 있었던 일을 이야기했다. 엄마는 깔깔 웃었다. 나도 따라 더 웃었다.

울음이 깨지고, 몸은 가라앉고 마음은 텅 빈 채로, 벤치에 앉았다. 날이 추운데 햇빛은 따뜻해서 몽롱했다. 햇빛이 빈 마음에 가라앉았다. 다친 짐승처럼 나는 눈을 감고 가만히 웅크리고 있었다.

온갖 수상쩍은 것들°

나는 사주명리학, 점성술, 타로 카드, 카발라, 차크라 등 과학의 지탄을 받는 온갖 수상쩍은 것들에 무척 관심이 있다. 과학적 방법론에 의하면 물론 증명이 용의치 않으며 비논리적이고 비합리적이다. 그래도 이 카테고리는 잘 살펴보면 과학과는 전혀 다른 전제 위에서 자신만의 논리성을 갖추고 있는데, 그런 게 참 흥미롭다. 사실 논리성 정도가 아니라 방대한 계산법과 긴 역사를 가진 사유체계를 갖추고 있다. 이를테면 중국의 고대 점술인 주역은 점술인 동시에 그 깊은 철학으로 인해 유학의 궁극적인 귀결지로 평가된다. 공자가 책 끈을 몇 번씩 갈아끼울 정도로 깊이 연구한 분야이기도 하다. 아무튼 워낙 복잡해서 잘은 모르겠지만, 내 생각으로는 하나의 전제를 받아들여야만 이 카테고리의 논리를 수긍할 수 있는 것 같다. 그 전제는 다음과 같다. '각각의 모든 영혼은 그 삶을 통해서 미리 정해진 목적을 수행해야만

○

한다. 그 목적이란 바로 영혼의 진화다.' 목적을 미리 정하는 사람이 누구냐 하면, 전생의 자신이거나 신이거나 그렇다. 전생에 내가 어떤 잘못을 했는데 그게 왜 잘못인지 깨우치려면 이번 생엔 이런 행로를 거쳐야지, 하는 식이다. 다시 말해 그 전제를 진지하게 받아들이려면 전생과 윤회를 믿어야만 한다. 상당히 험난한 산이다.

그렇지만 하나씩 예를 들어 생각해보면 믿고 안 믿고를 떠나서 꽤 재미가 있다. 남녀가 궁합을 본다고 치자. 사주상으로 보면 이 세상에 나와 궁합이 맞는 상대는 수만 수천 명이다. 안 그렇겠는가. 지구상에 인간이 몇 명인데. 다만 인연이 있는 사람은 몇 없다. 그래서 다른 사람이 아니고 '이 사람'인 것이다. 그렇지만 인연은 있어도 궁합은 안 맞을 수 있다.

여기서 질문. 도대체 궁합이 안 맞는 사람이랑 왜 인연이 있어야 하나요? 신의 악취미인가요? 내가 들은 답은 이렇다. 만나서 헤어져야 하는 인연이기 때문. 두둥.

의미심장하지 않은가? 궁합이 안 맞지만 마음이 끌린 두 사람이 달콤한 것도 들척지근한 것도 시고 짠 것도 겪다가 인생의 여러 면을 배우고선 눈물을 훔치며 뒤돌아서는 것이다. 그러고서는 그 경험으로 아마도 더 나은 인간이 되겠지. 궁합이 맞는 사람이랑만 만나면 절절한 인생 경험 같은 것은 얻지 못할지도 모르겠다. 입에 단 것만 들어오는데 진화를 할 필요성이 있겠는가.

더 나은 인간이 되지 못해도 할 수 없지만, 비슷한 점을 가진 다른 사람을 금방 또 만나는 경우는 부지기수니까. 알고 보면 취향이라는 명분으로 다들 그러고 있지 않은가. 끝없이 돌고 돈다. 이것이 바로 현생 속의 윤회일지도 모른다.

미신 마니아답게, 아니, '현대사회에서 축출된 마술적 사고의 복권을 주장하는 사람'이라고 쓰면 좀더 품위가 있으려나. 아무튼 나에게는 자주 가는 사줏집이 있다. 그곳 역술가 아저씨는 사십대 중후반으로 말투가 무척 차분한 분이다. 처음 가서 생년월일시를 말하면 잠깐 책을 뒤져본다. 그러고는 손님의 운명에 들어 있는 한자 중 물이 어떻고 나무가 어떤데 이 글자가 저 글자를 막아주므로 이러러하다, 하고 한참 웅얼웅얼하신다. 제가 지금 이런 상황인데 언제 뭘 하면 좋을까요 하고 질문하면 사주에 있는 대로 풀어주다가, 어느 순간 더이상 역학이 아니고 인생 상담이 되는 순간이 있는데, 화룡점정이다.

예를 들면 친구와 갔을 때 친구는 "제가요 누구랑 이러러한 일로 싸웠거든요. 그런데 상대가 아직도 그래요. 저희가 잘 지낼 수 있을까요"라고 물었다. 아저씨는 고개를 갸우뚱하면서 "운명이라기보다도 '상식적으로' 그런 경우는 잘 지내기 어렵지 않을까요"라고 대답해주었다. 사주를 보러 와서 상식에 대한 충고를 듣다니. 듣자마자 어이없어서 친구와 마주보고 낄낄 웃었지만, 한편으로는 마음 한구석이 서늘해졌다. 까딱하다가는 불 보듯이 훤한 일도 스스로 해결하지 않고 운

149

명이 어떻고 하는 데에 기대게 되겠다.

운명이 있다 치자. 그런데 운명을 바꿀 수는 없을까? 바꿀 수 있다면 이미 운명이 아니지 않을까? 흔한 딜레마다. 그래서 내가 물어보았다. 아저씨는 중얼중얼거리며 '개운법'이라는 말을 알려주었다.

"고칠 개 운명 운. 그게, 바뀔 수 있어요. 바뀔 수 있으니까 개운법이란 말도 있는 거겠지. 그런데 힘들어요. 보통 힘든 게 아니야. 예를 들어 어떤 사람이 화가 나서 누구랑 싸워. 싸운 것 때문에 일이 틀어져. 감옥에 간다든가. 그런데 그 사람이 한번 참고 화를 안 내면 싸울 운명이 비껴가서 감옥도 안 가요. 근데 그 사람은 화를 잘 내는 성질을 이미 타고났거든요. 어렵지, 어려워. 반 도사가 되어야 해요."

왜 화를 잘 내는 성질을 타고났냐고 하면, 분노를 조절할 수 있는 방법을 터득하는 것이 앞에 말한, 미리 정해진 인생의 목적이기 때문이다. 노력을 안 해도, 세세생생 분노로 인한 말썽을 겪고 겪고 또 겪으면 언젠가는 터득하게 되어 있는 운명이다. 다만 이번 생에서 터득할지 아닐지는 본인의 의지에 달렸다. 화 때문에 뼈마디가 다 녹도록 고생하고 나서 배울지, 그런 거 덜 겪고 좀 쉽고 빠르게 배울지는 본인의 노력에 따라 다른 것이다. 그 노력이 개운법이라고 한다. 하지만 보통은 겪어야만 정신을 차린다. 다시 말해 반 도사가 아닌 나 같은 보통 사람들은 노력보다는 경험으로 배우니까 그 경험이 운명이라고 볼 수 있다.

그렇지만 한편으로는 어찌 보면 화를 참는 일은 누구나 할 수 있는 일이다. 화를 언제까지나 참을 수는 없다. 그렇지만 처음부터 화가 덜 나게끔 평소에 자신을 가다듬는 일 또한 가능하다. 이것이 온갖 종교와 심리학의 주장이다. 재미있지 않은가. 운명과 의지라는, 카드 한 장의 앞뒷면.

그건 그렇고 내가 그 집의 VVIP인데, 아저씨는 알고 계시는지? 가을방학 세션들만 해도 독실한 크리스천인 기타리스트를 제외하고서 전부 그 집에 다녀왔다. 사실은 아저씨, 제 소개로 한 열다섯 명은 여기 왔을 거예요, 하고 자랑하려 했는데 우물쭈물하는 사이 그 말이 입안으로 쏙 들어가버렸다.

○

폐업 직전의 목욕탕°

목욕탕에 다녀왔다. 고등학교 동창 세 명이 워터파크에 가기로 의기투합했는데 한 명이 컨디션 저조로 빠지게 되었다. 물을 덥혀놓았다고 아무리 광고한들 분명히 입술이 새파래질 테고, 여자 둘이서 쭈뼛거리며 찬 공기와 미지근한 물에서 시끌벅적하게 놀기도 만만한 일은 아닐 것 같았다. 아쉽지만 포기하고 친구네와 우리집 중간에 있는 동네 목욕탕을 찾아가기로 했다. 아무튼 물에 몸을 담그면 되는 거다. 부천 워터파크 물이나 목동 목욕탕 물이나 다 같은 물. 산은 산이고 물은 물이니까. 이게 아닌가.

　결론은 괜찮은 선택이었던 것 같다. 폐업 직전의 목욕탕은 무척 운치 있다. 낡고 오래된 정도를 폐업 직전이라고 표현한 게 아니다. 무슨 그런 실례의 말씀을. 정말로 벽에 '모월 모일 폐업 예정'이라고 적혀 있었다. 게다가 오천 원 깎아주었다. 야호.

목욕탕에서 찜질방으로 넘어가는 원형 계단의 나무 발판은 묘하게 얇은 느낌으로, 삐거덕삐거덕 어딘가 위태로운 맛이 있다. 찜질방의 기본 코스인 삶은 계란과 냉면을 먹으려 했지만 식당은 막혀 있다. 찜질실은 황토방과 수정방 두 개뿐이다. 무슨무슨 신기방기한 이름의 방 따위는 없다. 찜질실은 무척 작아서 한 대여섯 명 들어가면 꽉 찼다. 우리는 들어가서 땀 빼는 척만 하고 얼른 나왔다. 어떤 사람들은 고온의 찜질실에서 잠을 자기도 하던데 나한테는 불가능한 일이다. 노인들은 가끔 거기서 자다가 사체로 발견된다고 하기도 한다. 아휴. 그것도 하루 뒤에. 아휴.

이번 목욕탕행에서는 재미있는 사실을 알았다. 몸을 바로 하고 앉은 채 고개를 뒤로 젖히고서도 머리를 감을 수 있다는 거! 이럴 수가? 옆에서 무슨 샴푸 모델마냥 슥슥 머리카락을 비비고 있는 친구를 보고 깜짝 놀라고 말았다. 그러면 물이랑 거품이랑 눈으로 들어가지 않냐고 물었더니 잘해야지, 잘, 하고 씩 웃었다. 숙일 때보다 목이 안 아파서 좋다고 했다. 미용실에서가 아니라면 나한테는 머리 감기란 고개를 숙이는 일이라고 정확히 등식이 성립되어 있는데 말이다. 다른 옵션은 거참 생각해본 적도 없다. 생각해보면 못 그럴 것도 없는데 말이지. '이런 게 당연한 거 아니야?' 하는 것들 중 대부분은 근거가 별로 없는 일도 많은 것 같다.

생각해보면 못 그럴 것도 없는데 막상 처음 보면 놀라운 것은 많다.

○

찜질방에 처음 갔을 때 중앙에 커다랗게 있는 대청마루 같은 휴식 공간을 보고 나는 약간 충격을 받았다. 나이 차이도 나고 성별도 다른 불특정 다수의 사람들이, 다 같이 똑같은 옷을 입고 사방으로 머리의 방향을 다르게 한 채 사지를 뻗고 누워 있는다니. 찜질방이 아니고서야 어디서도 가능하지 않은 풍경일 것이다. 어떤 면에서는 누드 비치가 덜 놀라울 것 같다. 다 같이 잠을 자는 것까지는 그렇다 치자. 다 같이 똑같은 옷을 입고 있는 것도 나쁠 것 없다. 그런데! 다 같이 잠을 자는데 머리를 둔 방향이 카오스라니! 누드 비치에서도 바다 쪽으로 머리를 향하고 누워 있는 사람은 없을 것이다. 스스로도 내가 까탈스러운 고모할머니 같아서 그게 왜 기묘한가를 생각해봤는데 막상 정말 합리적인, 이거다 싶은 이유는 떠오르지가 않는다.

그래도 이 정도면 약과다. 예전에 독립영화 감독인 신재인의 인터뷰를 본 적이 있다. 그녀는 식당에서 고개를 들면 문득 이상한 기분이 든다고 했다. 왜 화장실은 각각 홀로 쓰면서 밥은 다 같이 먹는지, 둘 다 본능을 충족시키는 행위인데 왜 하나는 숨기고 하나는 사회적으로 나누는 행위인 건지 궁금했단다. 그 의문을 영감으로 삼아 먹는 일 자체를 죄악시하는 종교와 그 산하 고아원에 대한 영화를 찍었다고 했다. 써놓고 보니 신재인의 '기묘함을 느끼는 센서'는 좀 예민하기는 하지만 나름대로 지적이고 창의적인 것 같다.

폐업 직전의 목욕탕에 또 가고 싶다.

○

교훈 마니아°

나는 교훈 마니아다. 언제 어디서고 교훈을 찾아내고야 만다. 세상에는 여러 가지 유용한 분야의 마니아가 있는데 하필 교훈 마니아라니 맨날 낡아빠진 굽 낮은 검정 구두만 신고 두꺼운 안경을 낀, 『톰 소여의 모험』 같은 데서 풍자되는 꽉 막힌 시골 선생님 같은 기분도 좀 든다. 농담 마니아라면 남을 즐겁게 해줄 수 있고 운동 마니아라면 몸을 건강하게 가꿀 수 있다. 그렇지만 교훈 마니아는 자신의 마니아성을 고양이 발톱처럼 조심스럽게 감추고 있어야 안전하다. 섣불리 교훈을 이야기해보았자 상대에게는 간섭밖에 되지 않고, "흥 너나 잘하라지" 와 같은 말을 듣기 십상이다. 그 말에는 나도 깊이 수긍한다. 내가 잘못할 때가 많을수록 교훈을 애먼 남한테 적용하게 된다. 그래서 아무리 재미난 교훈이 떠올라도 한 마리 도마뱀처럼 얌전하게 입을 다물고 있다. 만약 나의 지인들 중 '뭐야 나한테는 잘도 훈장질을 하더니'

라고 생각하는 사람이 있다면, 그건 정말 거르고 거른 거라고 말하고 싶다. 정말 굉장한 교훈이 머리에 뽕 하고 떠올라버린 것이다. 숨고 숨고 또 숨지만 결국 간식용 캔 앞에서 경계가 무너지는 고양이와 같다고나 할까.

교훈 마니아로서 교훈의 즐거움에 대해 말하자면, 나의 경우 교훈이 없다면 영화나 드라마, 소설처럼 이야기가 있는 장르에서 재미를 훅 잃어버린다. 이야기의 스피드나 주인공에 대한 감정이입만으로도 충분히 즐길 수는 있다. 그렇지만 감정이입을 한 인물이 의외의 행동을 하면서 새로운 인식을 나에게 던져줄 때는 가슴이 꾹 하고 눌리면서 뭔가가 물씬 퍼져나간다. 그게 감동이라는 거겠지. 빨간색으로 밑줄을 긋듯 그게 교훈이라는 식으로 티를 내면 당연히 곤란하다. 수가 눈에 빤히 보이는 탁구를 치는데 칠 맛이 나겠는가. 휙 하고 날아온 공을 아슬아슬하게 받아냈을 때의 쾌감. 그런 걸 느낄 수 있을 정도로 적당히 넘어오는 교훈이어야 고개를 끄덕이게 된다.

나 같은 교훈 마니아는 교훈에 게걸스럽게 탐닉한 탓에 교훈에 해당되는 것의 범위를 꾸준히 넓혀놓았다. 그래서 이제 점잖은 윤리 같은 것과는 상관이 없는 "옷장에 있는 옷은 가리지 않고 전부 입는 게 좋겠구나" "죽을병에 걸렸을 땐 확신 없는 애인이랑은 아예 헤어지는 게 좋겠구나" 정도도 내게 나름 훌륭한 교훈이 된다. 아무튼 내 눈앞에 새로운 것이 놓이면 그게 전부 교훈 먹을거리가 되어 김을 모락모락

풍긴다.

왜 이렇게 교훈을 좋아하게 되었지 생각해보면, 어렸을 때 보고 또 본 동화가 한몫하지 않았을까 싶다. 우리집에는 민음사에서 나온 세계동화전집이 있었는데 한 권당 몇 번이라고 뭣할 정도로 많이 읽었다. 밥 먹으면서 읽고 귤 까먹으면서 읽고 과자 먹으면서 읽고 화장실에 앉아서 읽고. 어린이의 무서운 흡수력으로 나는 세계란 이러쿵저러쿵한 것이로구나, 배우고 받아들였다. 그 경험이 좋았는지 나빴는지를 떠나서 그때 익힌 '흡수한다'는 방식은 나의 주요한 행동양식이 되었다.

개중 도저히 교훈으로 정리가 안 되는 이야기들은 바로 잊히거나 반대로 기억에 생생히 남았는데, 동남아시아 어디인지의 민화가 후자에 속했다. 추장의 딸이 강가에서 노래를 부르니 물속에서 남자가 하나 나와서 둘이 얼씨구절씨구 사랑을 나누었다. 추장이 그걸 알고는 딸을 집에 가둬버렸다. 그러고선 자신이 강에 가서 노래를 부른 다음 물에서 나타난 남자를 죽였다. 그리고 추장은 죽인 남자를 수프에 넣어 딸에게 몰래 먹였다는 이야기. 세상에.

자, 읽은 지 이십 년 만에 한번 교훈을 정리해볼까. 상징을 사용해서 딸 구출담으로 가면 무난하다. '헤어짐이라는 경험이 결국엔 순진하고 맹한 딸에게 피가 되고 살이 되었다(수프)' 정도.

그렇지만 그건 별로 재미없으니까 문학 전공생 리포트 식으로도 한

번 가볼까나. 물속의 남자는 여자의 그림자와 같은 존재다. 남자는 여자 내면의 신성일 수도 있고 숨겨진 부정성, 즉 융이 말한 무의식 속의 콤플렉스일 수도 있다. 무의식 속 자신의 새로운 면모를 자각하고 보다 풍성한 인격체로 거듭난 여자. 딸은 급속히 성장한다. 그러나 아버지가 누구인가. 추장이다. 추장은 전통적 권위를 상징한다. 전통은 그녀가 눈뜨기를 원하지 않는다. 자신의 콤플렉스를 인정해 의식 속에 통합한 자는 콤플렉스에 발목 잡히지 않는 만큼 두려운 일이 적어지고, 그렇게 얻어낸 새로운 시각으로 이윽고 혁명을 시도해 기존 체제를 뒤흔들기 때문이다. 추장은 여자의 새로운 면모를 조기에 눌러 죽이는 데 성공한다. 결국 이 민화의 교훈은 '혁명이란 이루기 어렵다'인가⋯⋯.

○

언니 잘못이 아니에요

옷장에 고양이 사진 두 장을 붙여놓았다. 하나는 노란 줄무늬 고양이 둘이 기대어 자는 사진이고, 하나는 검정 점박이 고양이랑 노란 줄무늬 고양이가 같이 놀고 있는 사진이다. 이 사진들은 동물생명보호협동조합 자선 공연 때 받았다. 처음엔 붙여놓기가 싫었다. 그것도 새끼 고양이가 죽은 바로 그 장소에 붙여놓기가 좀 으스스하기도 했다. 그래도 붙여놓았다.

가끔 바라본다. 사진 속 고양이들이 햇살 속에서 늘어지게 누워 있는 것이 참 행복해 보인다.

마지막까지 살아 있던 새끼 고양이, 정오.

옷장에서 죽었다.

서랍의 제일 아래 칸 뒤쪽 공간에 어미는 정오를 데리고 웅크리고 있었다. 내가 집을 나가면 슬그머니 서랍에서 나와 밥을 먹고 볼일을 본 후, 다시 현관 열리는 소리가 나면 우당탕 황급히 서랍 뒤로 들어 갔다. 고양이들은 보통 조용하게 다니지 않나. 거참 요란하게도 들어 간다며 웃었던 기억이 난다.

그즈음 정오는 난 지 일주일 정도밖에 안 되었으니까 눈도 뜨지 못 했다. 나머지가 다 죽어서 정오를 더 애지중지했다. 새끼라 그런지 머 리가 크고 몸은 되게 작았다. 과장 좀 보태서 신체 비율이 머리 가슴 배 이렇게 삼등신이라 해도 될 것 같았다. 서랍을 무심결에 닫아서 새 끼가 끼어버릴까봐 레일 사이에 기다란 파일을 괴어놓았다. 뭘 꺼내고 나서 늘 하던 대로 서랍을 밀어넣어도 닫히지 않도록 말이다. 서랍 깊 숙이 있던 옷은 꺼내지도 못했다. 손을 깊이 넣으면 어미가 앙칼지게 할퀴어버렸으니까. 하루 한 번씩은 어미가 시퍼렇게 도끼눈을 뜨고 노 려보는데도 조심조심 서랍을 빼서 들여다보곤 했었다. 녀석은 꼬물거 리면서 잘 크고 있었다. 하루가 다르게 자라는 게 신기했다. 너무 자 주 들여다보면 어미가 피곤해할까봐 신경을 끄려고 노력했다.

그런데, 머리는 크고 몸은 쪼그마해서 보기만 해도 웃음이 나오던 녀석이, 그 머리 때문에 죽을 줄 누가 알았겠는가. 옷장 바닥에 가로 로 긴 패널이 간격을 두고 붙어 있었는데, 그 녀석이 그만 거기 끼어서 나오지 못했던 것이다.

나는 몰랐다. 녀석이 손바닥 한 뼘 넓이밖에 안 되는 패널 밑에서 길 을 헤매다 죽을 줄은. 정말, 정말로 손바닥 한 뼘밖에 안 된다. 거기서

○

길을 잃어버리다니. 정오가 움직이지 않는 걸 보고 가슴이 철렁하는데, 순간 아차 싶으면서 정오는 아직 앞을 잘 보지 못한다는 생각이 그제야 들었다.

들어갈 땐 잘 들어가놓고 나올 때는 안 빠지는 몸이 얼마나 갑갑했을까. 소리와 온기로만 엄마를 찾으면서, 이쪽인가 하고 머리를 밀었다가 저쪽인가 하고 머리를 밀었다가, 결국 빠지지도 않고, 움직이지도 못하고. 얼마나 엄마가 보고 싶었을까. 얼마나 배가 고팠을까.

왜 엄마인 밤이 너는 도와주지 않았니? 나는 상상이 잘 안 된다. 밤이는 정오가 거기 끼어서 못 나오는 걸 알았을까, 몰랐을까? 알았으면 발톱을 세워서라도 빼내지는 못했던 걸까? 나는 도대체 왜 패널 밑의 공간에서 정오가 못 나오리란 건 생각하지 못했을까? 새끼니까, 눈이 안 보이니까, 당연한데, 나는 바본가? 어떻게 그걸 생각 못 할 수가 있지. 망연자실했다.

밤이는 정오의 시체에 코를 대고 한 번 킁킁거리더니 관심 없다는 듯 다른 곳으로 휙 가버렸다. 실제로는 속으로 눈물을 펑펑 흘리고 있었더라도 나는 알아보지 못했다. 고양이는 그런 식으로는 감정을 표현하지 않는다. 몇 번이고 다시 냄새를 맡아보는 것인지도 몰랐다. 혹시나 하는 마음으로.

내가 데려온 고양이 밤이가 낳은 새끼는 여섯 마리였다. 한 마리는 사산이었고 나머지는 새벽, 아침, 정오, 오후, 저녁으로 이름을 각각 지어주었다. 정오는 그중 제일 토실토실하고 또 제일 머리가 컸다. 그리고 제일 오래 살았다. 이제는 어미 밤이를 제외하고 하루종일이 사라졌다.

그게 육 개월 전이다.

내가 정오처럼 노랑 줄무늬를 가진 고양이 사진을 정확히 정오가 죽은 그 옷장에 붙여놓은 건 정오를 위해서가 아니다. 나를 위해서다. 사진을 볼 때마다 나한테 이렇게 말해주려고.

내 잘못이 아니야.

내 잘못이 아니야.

나는 최선을 다했어, 나는 잘못하지 않았어, 내가 실수한 게 있다 하더라도 그런 결과를 예상한 건 아니었어. 고양이들은 그럴 운명이었을 거야.

가슴이 아프다가, 또 햇빛을 쬐고 있는 사진 속 고양이들 모습에 정오도 다음 생엔 그렇게 행복하게 살 수 있겠지 싶다가 한다.

나는 모든 일에 이유와 의미가 있다고 믿는 사람이다. 인생은 그냥 확률 게임일 뿐이라고 말하는 편이 쿨하게 보인다는 건 알고 있다. 무표정한 얼굴과 담담한 말투로 "나는 나 자신 말고 아무것도 믿지 않아요"라고 말하는 편이 뮤지션답다고. 증명할 수 없거나 논증할 수 없는 것은 언급하지 않는 편이 합리적이라고.

그렇지만 나는 그렇게 생각하지 않는다. 촌스럽고 진부하고 나이브

하다고 해도, 세상이 어떤 의미도 없이 지 맘대로 뒤죽박죽 돌아간다고 생각하지 않는다. 나는 나를 포함해서 사람들이 아프지 않았으면 좋겠다. 의미 없음만큼 사람을 아프고 불행하게 하는 게 있는가. 그저 마음 편하기 위해 차가운 현실에 눈을 감고 억지로 의미를 부여한다고 비웃는 사람들도 많을지 모른다. 비웃는 일은 언제나 쉽다. 위로하고, 다시 힘내어 살아가는 일은 언제나 어렵고. 진짜 행복을 찾는 과정에서라면 무엇이 의미 있는지 찾지 않는 건 거의 불가능하지 않을까.

어제 언니가 유산했다는 소식을 전해 들었다.

나는 괜찮으냐고 웅얼거렸다. 아기 사진을 보기 전까지는 그저 경황이 없었는데, 양수가 때 이르게 터져버려서 아기가 자궁벽에 붙어 겨우 숨쉬고 있는 사진을 보자 눈물이 터져나왔다고 했다. 나는 아무 말도 할 수가 없었다. 죽음을 직접 겪는 사람들 앞에서는 말문이 막힌다. 어떤 말도 위로가 되지 않을 것 같았다. 나는 다만 언니가 죄책감으로 괴로워하지 않기를 바란다. '내가 좀더 조심했다면' '내가 그때 거기 가지 않았더라면' '더 일찍 자주 병원에 갔더라면' 하고 끝도 없이 이어지는 '만약에'들로 악몽을 꾸지 않았으면 좋겠다. 아무리 슬퍼도. 우리가 지금은 이해하지 못하는 그 어떤 이유로, 아이는 자연으로 돌아갔을 거예요. 언니의 잘못이 아니에요. 언니 잘못이 아니에요.

공기 계열°

비가 오면 비 냄새가 나고, 마늘을 구우면 마늘 냄새가 나고, 집에 고양이가 있으면 고양이 냄새가 난다. 냄새 제거제를 뿌려도 냄새가 단박에 없어지지 않는다. 공기에 스며 있는 게 다 그렇다. 미묘하게 사람을 쥐고 흔드는 불안도 공기 계열이지. 차라리 손으로 만질 수 있을 만큼 단단한 거라면 창문 밖으로 던져버리면 되겠지만 말이야. 그렇지만 말하자면 평온함도 그쪽 계열이니까. 말없이 전해지는 위로 같은 것. 내 기분을 바꾸어주고 싶다는 마음이 전해지는 적극적인 위로는 가끔은 오히려 침범처럼 느껴지기도 했어.

아무것도 안 하는 것.

죽지 않을 만큼만 잠을 잔다
죽지 않을 만큼만 먹고

°

죽지 않을 만큼만 꿈을 꾼다
죽지 않을 만큼만 말을 하고
죽지 않을 만큼만 걸어간다
그래야 될 것 같아서
누군가 외로울 때
웃는 것조차 죄가 되는 것 같아서

　　나호열, 「아침에 전해준 새소리」 부분

　아무도 안 만나고 조금 먹고 조금 자고 영화 드라마 책 음악처럼 혼자 하는 온갖 종류의 놀이도 하지 않고, 그러니까 외부에서 오는 기쁨 슬픔 전부 그냥 나 바깥에 놓아두고, 가만히 있다는 것. 너는 그런 건 창백할 뿐이라고 말할지도 모르지. 병실에 누워서 창밖의 나무가 흔들리는 걸 바라보는 것 같다고 말이야. 인생의 가능성을 가슴속 깊이 묻어둔 채로 체념한 한숨을 내쉬는. 그렇지만 그런 건 아니야.
　내가 말하는 건 이를테면 공기 계열의 행동이야. 눈에 안 보이지만 분명히 있는 공기처럼, 가만히 있지만 실은 그 무엇보다도 강한 의지로 제자리에 서 있는 것. 움직이는 것도 그렇겠지만 때로는 움직이지 않는 게 더 힘든 일이 아닐까. 움직이지 않는 사람은 드물다. 움직이지 않는 사랑과 마찬가지로.

어쩌면 누구를 만나고 안 만나고 얼마나 먹고 무엇을 하고는 공기 계열의 행동이고 아니고를 결정하는 데 필수적인 게 아닌지도 몰라. 그런 걸 다 해도 마음이 흔들리지 않을 수만 있다면 공기 계열의 행동이지.

이런 날이면 나는 흔들리는 데 참 지친다. 넓은 바다에서 조각배를 타고 있던 것처럼 멀미가 나. 별일 있는 건 아닌데. 별일이 있었던 것도 아닌데. 하긴 마음이 흔들리는데 별일이랑 별일 아닌 게 뭐가 중요하겠어. 별일 아니어도 흔들릴 건 다 흔들리더라.

내 친구. 너는 어디에 있어? 너는 늘 비행기 안이지. 이 녀석, 교복 입고 다리나 덜덜 떨고 있던 게 엊그제 같은데 어느새 의젓한 직업이나 가지고 말이야. 새 운항지는 어디야? 도쿄. 케이프타운. 뉴욕. 부산. 마드리드. 이렇게 세계의 도시 이름들을 늘어놓다보면 어쩐지 초현실적이야. 부루마블 같다.

진짜 중요한 건 사실은 다 같이 나누어 쓰는 거라고 누군가 그러데. 아까부터 말한 거지만 공기 얘기야. 어쩌면 음식보다도 절실하지. 주인을 정해놓고 자기 거라고 외칠 수도 없고 누군가가 못 쓰게 할 수도 없고. 내가 여기서 쉬는 숨이 공기를 타고 네가 있는 도시까지 갈 수도 있는 거겠지. 느끼한 소리는 작작하라는 너의 핀잔, 웃음이 들리는 것 같아. 역시 공기를 타고. 나는 공기에 실려오는 건 약간 알아채는

○

편이거든. 잘 알아채니까 잘 흔들리지.

몇 달 전 레이첼 야마가타의 공연에 갔었어. 지금은 기억나지 않는 곡에서, 나는 울고 있었어. 그리고 눈이 마주쳤지. 나는 그 여자가 나를 보고 미소 지었던 거라고 믿어. 그렇게 오만상을 하고 있었으니 눈에 띄었을 수도 있지만, 음악에 감응한 내 기운이 공기를 통해서 전해진 게 아닐까 생각해. 그 여자, 어딘지 회한에 찬 표정으로 웃더라. 그리고 앙코르 부르기 전에 소주를 한 병 까더군. 여장부처럼 씩 웃으면서. 이 곡만 끝나면 이제 소주를 마음껏 마실 수 있다고 좋아했어. '이 곡만 부르면 이제 끝이다!' 하는 기분, 나야 잘 알지. 시원하기도 하고 서운하기도 하고. 난 앞에서 네번째 줄에 앉아 있었는데 소주 냄새를 맡을 수 있었어. 그 공연장 상당히 컸는데도.

잘 지내고.

평생의 밤

너랑 만난 게 일 년 전 봄인데 지금은 풀벌레가 우는 가을 초입이야. 너네 집을 나와서 걷는데 이 골목 저 골목에 너랑 있었던 기억투성이네. 이런 거, 쓰기에는 참 새로울 거 없는 감상이지. 다른 사람들도 전부 한 번씩 느끼는 행복일 테니까. 나는 다들 느끼는 이런 행복을 나도 느끼고 있다는 게 참 기뻐. 인류의 일원이 된 기분이야. 외계인에게 인간을 소개하는 영상을 보낼 때에도, 분명히 지금 나와 같은 표정이 거기 포함되어 있지 않을까. 인간은 이런 순간에 이런 감정을 느껴서 이런 표정을 짓는답니다.

평범한 행복.

마치 좋은 일이 생길 것만 같은 날이야, 라고 말하는 게 싫어?

닳고 닳은 표현은 싫어?

어떻게든 새로운 말을 고르고 미묘한 비유를 쓰지 않으면 어떤 기분인지 잘 와 닿지 않는 걸까?

나는 형식이야 어떻든 내용이 중요하다고 생각하는 편이야. 좀 구식이지, 나는. 여기가 개화기 경성이었다면 난 분명히 양장 입은 모던걸은 아니고 한복 치렁치렁하게 입고는 구식여자 소리를 들었을 거야. 그래도 있잖아, 나는 그런 종류의 소박한 구식에서 어딘가 진한 걸 느껴. 아버지의 뒷모습 같은 것.

밤이다. 벌써 공기가 서늘해. 조리를 신은 발이 좀 차가워. 점퍼를 가지고 나오길 잘했어, 다행이야. 오래돼서 좀 늘어났지만 편해. 주머니에 손을 집어넣고, 지퍼를 올리고.

내 기억 속에 너와 함께한 일들의 배경은 보통 검은색이야. 너는 낮에 돌아다니는 걸 싫어하니까, 우리의 만남은 거개가 밤이었어. 밤을 배경으로 한 너의 얼굴은 언제나 하얗고. 입술은 붉고. 손은 부드럽고.

앞으로 우리 앞에 수많은 밤이 펼쳐져 있겠지.

평생의 밤이야.

어떻게 인간은 한 사람과 평생을 함께할 생각을 할 수가 있는 걸까. 경제적이나 사회문화적인 제약이 전혀 없는 상태에서도 그런다면, 어째서 그런 선택을 할 수가 있을까. 신비롭지. 이런 건 인간의 의지로 하는 게 아닌지도 모르겠어. 그런 걸 떠올리면 웃게 돼. 너무 신기하고 이상해서 웃게 돼. 어떻게 네가 내 인생에 뚝 떨어져서 말이야.

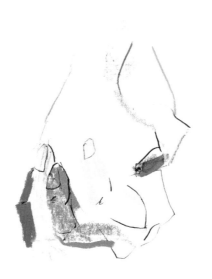

우리가 결혼할 때는, 하얀 스튜디오 배경 앞에서 말고 이 거리에서 사진을 찍자. 네가 아이스크림을 먹던 미니스톱 편의점 앞에서, 꽃향기가 가득하던 성미산을 지나가는 길목에서, 밤늦게까지 문을 연 카페에서, 내가 울 때 네가 안아주던 카센터 앞에서.

노랑, 보라

저녁에 시장에서 분식을 사서 나오는데 모퉁이 행상에서 꽃을 파는 것을 보았다. 손으로 대충 뜯어낸 박스 한 면에는 '수국 한 다발 천 원'이라고 씌어 있었다. 마침 주머니에 천 원이 있어서 한 다발을 샀다. 보라색으로 달라고 했는데 아저씨가 노란색을 쥐어주었다. 그냥 받아들었다.

너를 주려고 산 것은 아니었다. 그냥 방에 두고 내가 보고 싶어서 산 거다. 타박타박 걷는데 손에 쥔 꽃다발이 제법 묵직했다. 신문지로 둘둘 싼 꽃줄기를 쥔 손에 가만히 힘을 주어보았다. 그러다가 노란 꽃다발을 네가 집에 돌아오면 주어야겠다 싶었다. 내가 꽃을 주고 싶은 사람은 나, 엄마, 아빠, 너, 내 친구들, 꽃을 받으면 화사하게 웃을 내 주변 사람들. 지금 꽃을 주고 싶은 사람은 너.

꽃다발의 무게. 꽃다발의 존재감.

다른 것들은 사실 가질 필요 없겠다고 느꼈다. 가져도 좋고 안 가져도 좋은, 이래도 상관없고 저래도 상관없는 일이다. 필요하지도 않은 일에 며칠간 속 시끄럽거나 하고, 나는. 그 필요하지도 않은 일이란 말하기에도 참 머쓱하지만 다름이 아니라 쇼핑이다. 나는 평소에 쇼핑을 자주 하는 편은 아니지만 한번 뭔가 사야겠다 싶으면 진짜 강박적으로 매달린다. 정확히는 나는 매달리고 싶지 않은데 자꾸 생각이 떠올라버리는 것이다. 이 디자인은 어떨까? 저 색깔은 이렇게 보이진 않을까? 침대에 앉아서 책을 볼 때도 갑자기 떠오르고, 밥을 먹을 때도, 샤워를 할 때도 자꾸 나한테 말을 걸어댄다. 정말로 귀찮다. 맴맴돈다. 하도 귀찮아서 아예 작정을 하고 얼마나 귀찮아지는지 보자며 가만히 나를 지켜보고 있었다. 그러다 오늘 꽃다발을 만났다. 노란색 수국.

네게 수국을 건넬 생각을 하니까 네가 눈앞에 몽글몽글 떠오르는데, 마음 한구석이 참 뿌듯한 것이, 보통 비슷한 사람끼리 사귄다고 하잖아. 정반대의 타입이라고 해도 극과 극은 맞닿는다고 하잖아. 장점도 단점도 다 합쳐서 이렇게 사랑스러운 네가 나와 비슷하다니, 그렇다면 나도 너를 닮은 그런 면들을 가지고 있는 걸까. 나는 '그런 면들'이라고 눙친다. 아무리 세세하게 말해도 내가 사랑하는 너의 면모들이 제대로 전해지지 않을 것 같아서. 말로는 그 마음의 결을 다 표현할 수 없을 것 같아서.

언제까지 이런 감정일까, 나는? 남들이 보면 피식 웃으면서 아이고 콩깍지가 씌어가지고, 하고 고개 절레절레 흔들 달콤함은? 나라도 누가 나처럼 이러고 있는 거 보면 웃겠다. 웃으면서, 그래 그럴 때지, 신혼이니까, 하고. 나는 우리만은 상황 때문에 그런 게 아니라고 애써 말하고 싶어진다. 우리만은 닳아 없어지지 않을 거라고 말하고 싶어진다. 그러다 또 생각이 꼬리를 문다. 아니야, 좀 덤덤해지면 어때. 덤덤해져도 너를 응원하고 감싸줄 수 있잖아.

지금껏 내가 고집하던 '나만은 다를 거야'라는 믿음은 죄다 사실이 아닌 걸로 밝혀졌다. 그리고 사실이 아니어도 시간이 지나 충분히 괜찮아졌다. 오히려 사실이 아닌 게 더 다행이다.

노란색이든 보라색이든 수국은 수국이다. 수국은 다 예쁘다. 꽃이 오종종하니 작고, 잎은 손끝으로 살짝 눌러보면 의외로 단단하고, 은은한 향이 난다.

집 부근에서 차가 부웅 하는 소리가 들리길래 너인 줄 알고 돌아봤는데 아니었다. 너는 조금 있다가 돌아올 것이다. 친구의 공연이 있는데 끝나고 뒤풀이엔 가지 않고 바로 돌아온다고 했다. 나와 한시라도 더 붙어 있고 싶어서 그런 건 아니라는 점이 좀 웃긴다. 피곤하단다. 너는 절대 없는 말은 하지 않는다. 나는 너의 그런 면을 생각하면 결혼 전이나 지금이나 웃음이 나온다. 우리는 이젠, 신혼부부다.

○

어영부영 갈 것°

내가 초등학교 이학년 때인가, 엄마는 나의 담임선생님으로부터 호출을 받았다. 애가 이상하다는 것이다. 학교에서 한마디도 안 한다고 했다. 담임선생님은 집에 무슨 문제가 있느냐는 식으로 조심스럽게 우리 집이 결손가정인지, 혹은 경제적으로 심한 압박이 있는지를 물어보았다. 엄마는 아니라고 대답했다. 아니었으니까. 집에 돌아온 엄마는 역시 조심스럽게 학교에서 내가 왕따를 당하는지를 물어보았는데 나는 아니라고 대답했다고 한다. 아니었으니까. 추운 겨울에 두 입술을 꼭 붙이고 있으면 나중엔 입술이 얼어서 잘 떨어지지 않는데, 나는 단순히 그게 재미있어서 말을 하지 않고 있었을 뿐이었다. 그딴 게 다 재미있어서 말을 하지 않았다니 아마도 나는 말을 해야 할 필요성을 그다지 느끼지 못했던 것 같다.

　고독하고 조숙한 아홉 살 꼬마.

가끔 내가 같은 일에 대해 어디서는 A라고 말하고, 어디서는 B라고 말할 때가 있다. A와 B 둘 다 거짓말이 아니다. 마치 영원히 사랑한다고 말했던 것이 그 순간만큼은 너무나 진실이었던 것과 같다. 결국 지킬 수는 없었지만.

나는 오히려 무언가에 대해 강한 의견을 토로하고 나면 좀 염려가 된다. 다른 이가 그러는 걸 봐도 마찬가지다. 분명히 그 의견이 살다보면 변할 수 있을 텐데. 살다보면 정도가 아니고, 새로운 정보와 경험이 있을 경우 당장 내일이라도 변할 수 있는데. 무엇을 파고 파고 들어가면 입장이 바뀌는 일은 정말 흔하지 않던가. 입장이 바뀌지는 않더라도 이해해버리는 마음이 나지 않던가. 슬쩍 풀어져버리지 않던가.

그렇게 변해버릴 것들에 대해서 말을 하고 나면 그게 또 굳어져서 형체가 생기고, 기억되고, 나를 제한하는 울타리가 된다. 그것뿐인가. 같은 단어가 여기서는 저런 함의를 가지고, 저기서는 또다른 함의를 가진다. 상황에 대한 모든 것을 전부 전달할 수는 없다. 취사선택을 하면서 나는 다시 스스로에게 거짓말을 하게 된다.

양극단 사이를 진동하는 내 얼굴을 거울로 비추어본다. 내 감정은 믿을 수 없다. 내 생각도 믿을 수 없다. 감정이 나를 속인다. 믿을 수 있는 유일한 것은, 이 감정에 사로잡힌 순간이 지나고 나면 나는 분명히 다른 감정을 느낀다는 것이다.

그런데도 나는 감정에 대해 이야기해야 할까. 내 감정에 비췄을 뿐이

○

어서 이렇게도 변하고 저렇게도 변할 세상사에 대해 기록해야 하는가.

이렇게 아홉 살 이후로 나는 다시 또, 아 말을 왜 해야 하나를 떠올리고 있다.

모르겠다.

그저 변하는 과정을 보여주고 싶지 않은 것일 수도 있겠지. 변하면 욕 먹을까봐. 없어 보이니까. 난 굳건한 신념과 주체성을 가지고 이 세상을 살아가는 듬직한 사람이야, 이런 행세를 하고 싶어서.

하긴 꼭 해야 되는 말만 하면 할말이 아무것도 없을지도 모르겠다.

순간의 분출 그 자체가 목적일지도.

사랑도.

영원히 사랑할 수 있을 사람만 사랑한다면 이 세상에 사랑은 눈 씻고 찾아봐도 없을지도 모르겠다. 그런 걸 누가 감당하겠어.

왜 갑자기 웃음이 나는지, 왜 갑자기 슬퍼지는지.

사랑하는 너야, 너를 사랑하기 시작했을 때 평생 사랑해야겠다고 마음먹고 시작한 게 아니었어. 나는 그냥 끌렸을 뿐이야. 무슨 생각을 깊게 할 수 있었겠어? 어떤 약속을 할 수 있었겠어? 그렇게 어영부영 시작했다가, 어영부영 깊어지고, 소 뒷걸음질치다 쥐 잡은 것 마냥 너와 결혼을 하고. 아무리 널 사랑했어도 내가 스물두 살이었다면 당장 결혼할 생각 같은 건 솔직히 하지 않았을 테니까. 어영부영 그게 정이 되고 의리가 되고 전우애가 되면서 평생, 그런 걸까.

그걸 의지로 하면 힘들어서 어떻게 하겠어? 의지만큼 약하고 그 밑에 속 부글부글 끓는 걸 내 본 적이 없다. 약속은 무슨 놈의 약속이야. 각자 하는 데까지 하는 거지. 자연스럽게 하자. 힘들게 하지 말자. 다 늙어서 〈매디슨 카운티의 다리〉를 꼭 찍어야 되면, 진짜 꼭 찍어야 되면 찍는 거지. 에라잇 하면서 나는 눈물이 나오고 있어. 나 웃기지. 걱정도 많고. 그래도 현실적이잖아, 난.

의지 없는 인생의 아름다움.

어영부영 가는 인생의 사랑스러움.

의지로는 사랑할 수 없지. 의지로는 사랑을 지속할 수도 없다. 적어도 나는 할 수 없었다.

있잖아. 기억하고 있어. 너 이전의 사람, 정말 생생하게.

그는 감기가 들었었어. 하얀 티를 입고 있었어. 내가 집에 가서 간호를 해주었었나, 집에 놀러갔는데 그때 감기가 든 걸 알았던가, 잘 모르겠어. 합주하러 가야 될 시간이 되어서 일어나려고 하는데 나를 꼭 안으면서 가지 말라고 하데. 몸이 불덩이처럼 뜨거웠어.

○

그 감촉. 왜일까. 하고 많은 순간 중에 그런 순간이 떠오르는 것이.

나는 그를 떼어놓고 그 집을 나섰지. 흰 티셔츠가 너무나도 하얗고 곱고, 얼굴이 빨갛고, 따뜻하고, 나는…… 몰라. 그 사랑을 떠올리면, 슬픔이 내 뼈에 덩이져서 엉겨붙어 있는 것만 같아. 내가 몸을 일으켜 세울 때마다 이젠 기억도 나지 않는 기억들이 같이 따라다녀.

그가 웃으면서 이렇게 말한 적이 있어.

"난 그냥 네 교육을 맡은 사람일지도 모르지. 거기서 끝나는 건지도 몰라."

결국 그의 말대로 되었고.

넌 진짜 그한테 고마워해야 돼. 그가 없었더라면 나는 절대로 지금의 내가 될 수 없었을 테니까. 그때의 나였다면 너랑은 딱 두 달 사귀고 안녕이었을걸. 왜냐면 너는 그 사람 같은 참을성이 없거든. 화내지 마. 비교하는 게 아냐. 난 그런 종류의 참을성을 네가 가지길 바라지도 않아. 안 그랬으면 좋겠어. 진심이야. 그런 참을성을 가지면 네가 불행해질 것 같아. 널 처음 만날 때 뭐가 제일 좋았는지 알아? 난 말이야, 너의 자기중심성이 좋았어. 그 건강하고 독특한 무게중심, 스스로를 확실하게 존중하는 만큼 상대도 역시 존중하는 태도가 말이야. 그래. 너는 너를 지켜. 나는 나를 지키려고 한다.

그렇게도 계속 사랑하고 싶었지만 참 안 되더라.

모든 것이 그 방식으로밖에 풀릴 수 없는 시기였어. 다시 돌아가도 나의 의지가 무엇을 바꿀 수 있었겠는가 싶어. 아무리 밀어도 마음이 꿈쩍하지를 않더라. 밀리는 것 같아도 그때뿐이고 다시 원위치로 돌아왔어. 〈너무 아픈 사랑은 사랑이 아니었음을〉이라는 노래 제목 있지? 그 글귀를 고등학교 때 처음 들었는데 참 알 듯 말 듯한 멋진 말이었지. 시간이 지나고, 마침내 그 말을 이해하게 되었다는 게 얼마나 서글픈지 모르겠다.

그 사랑은 물론 사랑이었어.

그러니 내 사람아, 우리는 어영부영 가자.

이렇게 바뀌고 저렇게 바뀌고, A가 B가 되고 다시 A가 되었다가 B로 반쯤 물들어 겹겹이 쌓이고 뭐가 뭔지 구분하기 어렵지만, 구분을 포기하는 만큼 편안한 채로. 금 그어놓지 않은 만큼 진실 그대로.

어영부영 가자.

○

보이즈 러브°

정든 첫 독립 공간을 정리하고 신혼집으로 오기 전에 버릴까 말까 하
는 만화책이 있었다. 신발장 서랍 안에 숨겨놓았던 책인데, 책등에 빨
간 딱지가 붙어 있다. 아카데미식으로 점잖게는 퀴어 텍스트, 인터넷
이나 업계 용어로는 BL(Boys' Love), 경박스럽게 말하면 '호모물'이다.
우리 참한 예비 신랑이 혹시나 이삿짐을 정리하다가 이 책들을 발견
하고 불필요하게 놀라는 일이 생길까봐 버리려고 했다. 그런데 책을
정리할 때 늘 그렇듯, 버릴지 말지 결정하려고 책을 펼쳐보는 순간 재
미가 나서 또 홀떡홀떡 책장을 넘겨버리다가 속절없이 시간은 가고,
고개를 들어보니 이미 날이 저물어 있었다. 그래서 그걸 내가 싸서 가
지고 왔는지 아닌지 기억이 안 난다. 신랑이 언제 눈 버릴 일이 생길지
도 모르겠다. "부인 이 물건이 무엇이오" 하고 물어보면 뭐라고 대답할
지. 양서는 서로 나누는 게 이롭다 하니 한번 읽어보라고 권해나볼까.

혹시 언제고 먼 미래에 생길지도 모르는 주니어가 자라나 존경하는 어머니의 빛바랜 상자를 열어보았다가 새로운 세계에 눈을 떠버리는 일이 생기면 어쩌나. 모르겠다. 베란다 이삿짐 정리하기엔 날이 너무 춥다.

말을 꺼내다보니 책 내용이 아스라이 눈앞에 떠오른다. 제목은 『오래된 친구』. 어릴 적부터 옆집 형과 친하게 지냈는데 어느 날 문득 마음이 두근대버려서 갈팡질팡 우왕좌왕 어떻게 해야 할지 몰라 하는 내용이다. 다른 한 권은 『사랑이란 밤에 깨닫는 것』(제목이 좀 부끄럽다). 이건 프랑스를 배경으로, 응석받이로 자라난 어린 귀족이 자신을 헌신적으로 보살펴주는 집사와 로맨스를 이루는 내용이다. 안경 쓴 검은 옷의 미남 집사는 늘 정중하게만 주인공을 대해서 속으론 무슨 생각인지도 모르겠지만, 어딘지 홀깃 지나가는 표정이 예사롭지 않고……. 재미있을 것 같죠? 퀴어물은 아니지만 이런 보살핌 연애 코드는 오래된 육성 시뮬레이션 게임 〈프린세스 메이커〉에도 들어 있었는데 기억하실는지. 더 이전으로 거슬러올라가면 만화 『베르사유의 장미』에서 귀족 오스칼과 하인 앙드레가 있다.

이 작품들을 그린 이들은 BL계 음지에서만 그림자처럼 활동하는 사람이 아니고, 멀쩡히 주류 만화계에서 히트작을 여러 편 낸 작가들이다. 『백귀야행』, 『서양골동양과자점』 등 잘 알려져 있는 작품들이 많다. 그래서인지 본격 BL물도 작품으로서의 자질을 기본적으로 갖추

○

고 있다. 썩어도 준치라는 말을 여기서 써도 될까.

여러 갑론을박, 관련한 인권문제 등등이 동성애를 둘러싸고 있을 수 있겠지만, 동성애에 관해서 얘기할 생각은 없다. 말하고 싶은 건 동성애를 소재로 한 작품이다.

내가 보기에 BL물의 재미는 다름이 아니라 장애물의 존재인 것 같다. 요즘 세상에 사랑의 장벽은 더이상 남아 있지 않은 게 아닐까. 나이, 국경, 부, 신분, 결혼 유무, 어떤 것도 결정적으로 설득력 있지는 않다. 장벽이 된다고 해도 이미 너무 많이 우려먹은 것이다. 하나 남은 유효하고 비교적 신선한 장벽이 바로 성별이다.

주인공이 자신이 마음에 둔 상대가 동성애자인지 아닌지 확신할 수가 없다고 하자. 그리고 그 상대가 호모포비아인지 아닌지도 잘 모르겠다. 그러면 그는 진짜 새빠지게 고민을 하게 된다. 고백을 했을 때 차이는 정도로 끝나면 다행이지 엄청 혐오당하는 신세로 추락할지도 모른다. 상대가 소문을 내버린다면 커밍아웃 당해 소속집단에서 수군거림이나 들어야 한다. 일이 잘 풀려서 용케 사귄 다음에도 문제는 생긴다. 결혼 문제. 결혼하라는 부모님한테는 어떻게 말해야 할지. 여자 전반에 대한 질투도 동성에 대한 질투와는 비교가 안 된다. 상대에게 자기가 줄 수 없는 것을 여자는 줄 수 있다는 데서 오는 불안과 열등감이 폭발한다. 그 불안이 현실화된 경우가 바로 영화 〈쌍화점〉에 가깝겠다. 중전의 원자 생산을 위해 자기 애인을 중전과 동침케 한 게이

○

임금에 대한 영화다. 애인이 중전을 진심으로 사랑하게 되어버리자 임금은 낙동강 오리알 신세가 된다.

이런 작중 장애물의 장점을 BL물 논란 없이 안전하게 풀어낼 경우엔 '남장여자' 장치가 들어오는 것 같다. 남자 중에 상남자인 남자주인공은 남장여자인 여자주인공한테 이상하게 마음이 끌리는데 인정하고 싶진 않고('난 그런 게이 놈 아냐'), 남장여자는 남자가 자기를 좋아해도 싫고('이 남자 게이인가? 그럼 여자인 진짜 나는 싫어하겠네?'), 싫어하면 물론 싫다. 그렇지만 속내야 어쨌건 화면상으로는 남남 커플일 뿐. 그야말로 눈 가리고 아웅이다.

물론 퀴어물들이 동성애자의 현실을 전부 담아내는 것은 아니다. 크리스마스만 되면 나오는 달달한 로맨스 영화가 이성애자의 현실을 전부 담아내지 않듯이. 대다수의 대중문화는 현실에 대한 묘사나 통찰보다는 극적 장치에 치중하므로 적당히 윤색된다.

그런데 난 어째서 이런 주제로 열변을 토하고 있는 것인가.

나는 동성애자인 남성을 알고 지내지는 않는다. 내 친구가 해준 얘기는 있다. BL물에 달통한 친구 K. 어느 날 지하철에서 게이라고 하면 무척이나 잘 어울릴 듯한 남자 둘이 함께 있는 걸 목격했단다. 둘이 만약에 커플이면 이런저런 데이트를 하고 이런저런 질투도 해가면서 즐거이 살겠지? 하고 머릿속으로 소설을 쓰며, 아마도 두 남자를 꽤나 힐끔힐끔 쳐다보았을 것이다. 얼마 지나지 않아 둘이 내리려고 하는지

문 앞으로 걸어갔다. 그런데 둘이 내리기 직전, 둘 중 하나가 다른 한 명의 엉덩이를 점잖지 못하게 터치했고, 입을 딱 벌리고 있는 친구를 향해 고개를 돌려 보란듯이 히죽 웃었다는 게 아닌가. 그 양반들 망측하기도 하지, 호호호.

내가 부른 노래 중 그런 쪽으로 해석할 여지가 충분한 것이 하나 있다. 남자가 쓴 가사이기에 노래 속 화자는 여자한테 구애를 하는데, 노래를 부르는 목소리는 여자니까, 여여 커플의 노래처럼 들릴 소지가 있다. 그런 부분을 녹음 전에 이미 생각하고는 있었지만 그렇게 들리면 뭐 어떤가 싶고 그런 점이 웃기기도 해서 그냥 녹음했다. 그렇지만 대부분은 그런 쪽으로 해석하지는 않는 것 같았다. 인터뷰 때는 "성별의 모호함이 주는 괴리감이 청자로 하여금 한번 더 가사에 대해 성찰하게끔 만드는 것 같아서, 굳이 화자를 여자로 바꾸지는 않았습니다"라고 멋있게 대답했다.

○

상아색과 아이보리색 사이 °

나의 작곡자, 작사자, 기타리스트, 멘트와 농담 담당자 및 비즈니스 파트너이며 데면데면한 듯 가까운 바비는 오렌지색을 좋아하는 걸로 꽤 알려져 있다. 그렇다고 눈이 멀 정도로 밝은 오렌지색을 몸에 주렁주렁 걸치고 다니는 사람은 아니다. 이를테면 가방은 나름대로 어두운 오렌지색이다. 그렇지만 멀리서 보았을 때 가방이라는 아이템을 들고 있음을 절대 모를 수 없게 하는 색이기는 하다. 지갑의 오렌지색도 육 개월이 지났을 때 너무나 심하게 때가 타지 않을 정도로는 어둡다. 또 뭐가 더 많은데 기억이 안 난다. 바비와 오렌지색의 조합이 너무 익숙한 나머지 대충 지나치는 것 같다. 그의 블로그에는 본인이 모은 오렌지색 물건들의 목록이 꽤 길게 올라와 있다. 아무래도 오렌지색이란 게 가지고 다니기에는 한계가 있는 색깔이라, 주로 집에 소장하는 물건들로 구입하는 게 아닌가 싶다.

이렇게 좋아하는 색이 뚜렷하면 이점이 있다. 주변 사람들이 오렌지색 물건을 보면 선물해줄 가능성이 높아진다. 그가 주변 사람들에게 선물을 주는 걸 즐기는 사람이라 평소에 스스로 공덕을 많이 쌓았다는 점도 작용하겠지만, 아무래도 오렌지색을 보면 주변인의 머릿속에 그가 자동으로 뿅 하고 떠오르기 때문이리라. 언젠가 책을 한 권 샀는데 너무 심한 오렌지색이라, 이건 내가 가지고 있으면 안 될 것 같아서 바비한테 선물해준 적도 있다. 이제 오렌지색은 거의 완전히 그의 영역이 되었다고 볼 수 있을 것 같다. 나만 이렇게 생각하는 건 아니라서 우리 세션들이 가지고 다니는 물건들 사이에 오렌지색은 전멸해버렸다. '오렌지색 전멸화'라니 무슨 아트영화 제목 같다.

그런 사람답게 〈샛노랑과 새빨강 사이〉라는 곡을 써서 나한테 부르라고 준 적이 있다. 그 곡을 부른 지 한 오 년 정도 되었는데, 그동안 틈틈이 나는 무슨 색을 좋아하는 거지 하고 고개를 갸웃거렸던 것 같다. 그 노래를 부르기 전까지 '좋아하는 색깔' 같은 것은 나한테 별 의미가 없었다. 맨날맨날 오렌지색이 좋다고 노래로 외쳐대는 사람이 과연 색깔에 있어 이렇게 무미건조해도 되는 건가 싶어서 이것저것 실험해보았다.

나는 노란색과 짙은 파랑색이 좋다. 긴 시간에 걸쳐 알아내긴 했지만, 정말정말 좋아하는 색깔이라는 게 꼭 있어야 되는 건지는 역시 잘 모르겠다. 그냥 주변 색이랑 잘 조화되는 색이 예쁜 색인 거지 뭐.

○

이를테면 방문은 아이보리색인 게 질리지도 않고 주변과 잘 어울린다. 나는 원색 인테리어를 선호하는 힙스터는 아니니까.

페인트로 아이보리색을 만들려면 어떻게 해야 할까? 흰색에 노란색을 섞으면 될까? 삑. 아님. 흰색에 노란색을 섞으면 상아색이 된다. 아이보리색이 안 된다. 물론 상아의 영어 표기가 아이보리지만, 알잖아요. 방문에 칠하고 싶은 아이보리색은 상아색이 아니라는 거. 옷 살때 고르는 흰죽 색깔이라는 거.

노란색은 원하는 대로 섞으면 된다고 해서 흰색 무슨무슨 친환경 페인트를 샀다. 쪼맨한 플라스틱 약통에 든 노란 조색제가 같이 딸려왔다. 흰색 페인트에 아무 생각 없이 쭉 눌러 짰더니 페인트가 개나리색이 되었다. 칠해보니 이건 어린이집 애들 낮잠 자는 방 문짝이다. 안되겠다 싶어 신랑한테 흰색 페인트를 다시 사 오라고 해서 붓고, 훅훅저었더니 나온 것은 역시나 흰죽 색깔이 아닌 상아색이었다. 코끼리가 뿌우 우는 소리가 들릴 정도로, 말 그대로 상아색. 순간 나는 DIY의 현실을 깨달아버린 것이다.

어린이집 낮잠방 같은 피아노방 방문을 다시 상아색으로 칠하지 않고 그대로 두었다. 나는 농활도 안 가봤고 여럿이서 노동을 하는 데 대한 기억이 거의 없는데, 도와주러 온 전기뱀장어 멤버들이랑 좋은 추억이 생겼다. 몸은 피곤했어도, 마치 개천에서 빨래하는 여인네들처럼 재미나게 얘기하며 꽤 즐겁게 칠했다.

○

로맨스를 좋아하는 남편

남편은 밖에 나가 있고, 나는 혼자 늦은 점심을 먹으며 주말 드라마를 보았다. 남자와 여자가 이제 막 사귀기 시작하는 장면이었다. 데이트 하고 집에 돌아와서 남자가 여자한테 전화를 걸고는, 이런 말을 한다.

"얼굴 보고 직접 얘기하기는 좀 그래서 전화로 얘기할게요. 나 상처 가 많은 사람이에요. 그러니까 나한테 잘해줘야 돼요."

으아악! 그만! 하지 마! 나는 이렇게 대놓고 간질간질한 걸 잘 못 보 겠다. 좋은데 싫고, 싫은데 좋고. 나한테 하는 소리도 아닌데 내가 다 얼굴이 빨개지는 것 같다. 남편은 나보다 한술 더 뜬다. 이런 장면만 보면 그렇게도 좋아한다. 으으으 하는 소리를 내면서 고개는 절레절 레 흔들면서도 입꼬리는 귀에까지 걸려가지고, 나한테 푹 기대면서 되 게도 신나 한다. 그러면 나는 웃기면서도 기분이 좀 묘하다. 아이구 이 화상, 그렇게 로맨스 좋아해가지고 어찌 결혼할 생각을 다 했누.

동경

어떤 일을 무심히 하다가, 문득 이건 예전에 무척 동경해오던 일이었다는 걸 기억해낼 때가 있다. 이를테면 한강 주변에 사는 일이 그렇다. 열아홉 살 때, 남자친구가 나를 한강에 데려갔었다. 한강에 가본 건 그때가 처음이었다. 한겨울이라 정말 오지게 추운데 손잡는 건 너무 떨려서 일부러 한 뼘 정도 떨어져 앉아 있었다. 서로 아무 사이도 아닌 것처럼.

 그뒤로 한강이라는 곳의 매력을 알게 되었다. 밤에 가면 시야가 까맣다는 게 좋았다. 서울에는 어둠이 거의 없으니까. 대학 다닐 때는 일주일에 한두 번은 꼭 양화대교를 걸어서 건넜다. 강물 색이 얼마나 강철 같던지. 손끝도 닿지 않았지만 얼마나 차갑던지. 그리고 바로 옆이 차도라 얼마나 매연이 심하던지. 그 와중에도 감상에 젖을 수 있었던, 혼자 온갖 폼은 다 잡던 나여.

음악을 들을 때도, 속이 답답할 때도, 그냥 오래 걷고 싶을 때도, 한강은 늘 좋은 친구였지만 단 한 가지 단점이 있었다. 집에서 멀다는 거였다. 당시 우리집에서 한 시간은 걸렸다. 아니 내 지금 당장 풍류에 젖고자 하는데 반 시진을 먼저 만원 지하철에서 시달려야 한다니 그게 무슨 말이오. 그러니 바쁘면 못 가. 애로사항이 많았다.

막상 지금 사는 곳으로 이사했을 때는 한강에 가까이 살고 싶다는 생각은 없었다. 살다보니 어느덧 잊어버린 것이다. 그냥 가진 돈에 적당히 맞춰서 골랐다. 한강과 가까운 게 장점이긴 하겠다, 정도만 머릿속에 있었다.

그런데 어느 날 멍하니 있다가 떠올려보니 이게 사실 나의 로망이었던 거라. 나는 나의 로망을 이룬 것이었다. 나도 모르는 사이에.

전날 나윤선 공연을 본 것도 그렇다. 남부터미널역에서 내려서 예술의 전당으로 걸어가는 도중에 갑자기 기억이 났다. 내가 한 다큐멘터리를 보고서 나윤선을 동경했다는 걸. 나는 재즈의 재 자도 모르니까 재즈 보컬리스트로서의 그녀를 선망한 건 아니었다. 나는 그저 '즐겁게 매진한다'는 걸 동경했다. 열정에 대한 동경이다. 목표 성취에 힘쓰는 게 멋있다고 생각했던 것도 아니었다. 열정을 쏟는 과정에서 자기를 완전히 잊어버릴 수 있는 상태가 멋있었다. 숨이 막힐 만큼 부러웠다. 아무것도 바라지 않고, 그러니 아무 두려움도 없고, 아무 잡생각도 없는 순수한 상태. 물론 다큐멘터리는 유럽에서 크게 성공한 스타로서 나윤선을 조명했지만, 그리고 그 명성도 부럽지 않은 것은 아니었지만, 그보다는 정말로 만족스러워하는 그녀의 얼굴이 더 기억에 남았다. 파리의 어느 광장에서 환하게 웃는 모습이. 나는 나윤선의 공연을 보고 싶어하기는 했지만 그녀의 음악을 좋아했다기보다 내가 보았던 그녀의 태도를 좋아했기에 그후로 공연을 적극적으로 찾아본 적은 없었다.

나윤선을 마음에 둔 지 대략 팔 년 만에, 그것도 도중엔 거의 까먹고 있다가, 우연히 그녀의 음악을 다시 듣게 되고, 그 낯선 스타일에 화들짝 놀라고, 그렇게 공연을 처음 보게 된 것이다.

점점 다른 사람 공연이 좋다 나쁘다 한마디로 말하기가 쉽지가 않아진다. 폐가 될까봐서가 아니고 공연을 볼 때 이 생각 저 생각이 하도 많이 들어서 그렇다. 순수한 소리의 유희를 즐기는 순간과 내 생각의 미로를 헤매는 순간이 정직히 말해 반반 정도가 아닐까 싶다. 영화 볼 때는 그렇게 딴생각이 안 드는데 왜 음악을 들을 때는 그런가 생각해보았는데 그건 아무래도 노래, 사람 목소리라는 게 어떤 의미에서는 너무나 자극적이기 때문이 아닐까. 음성 하나하나가 쉴새없이 감정을 자극한다. 자극을 받으면 그와 관련한 기억이 퐁퐁 솟아나버린다.

모르겠다. 재즈가 원래 자극적인지, 나윤선의 노래가 자극적인지.

그녀는 말할 땐 열일곱 살 소녀 같은데 노래를 하면 부드럽게 쓰다

○

듣었다가 사자같이 포효했다가 한다. 멋있게 말하면 스펙트럼이 넓고, 떠오르는 대로 말하면 좀 미친 것 같다. 아주 강한 감정이 여러 번, 돌연히 바뀌는 걸 미쳤다고 한다. 넓은 범위의 모든 감정을—비탄, 환희, 경이, 장난기, 노여움, 심지어 색기까지— 한 시간 오십 분이라는 짧은 시간 안에 한 사람의 목소리로 표출해낸다는 게 미친 게 아니고 뭔가. 감정의 표출을 예술의 척도로 보았을 때 그녀는 정말 예술가였다. 그렇게 얌전해 보이는 사람이 그렇게 자유로워 보일 수 있는지. 여러 번 소름이 돋았고, 그동안 본 많은 공연 중 가장 빠르게 시간이 지나간 무대였다.

낡고 오래된 신혼집

새로 장만한 신혼집은 낡고 오래되었다. 이사 와서 오밤중에 여기저기 뜯어진 나무 창틀에 페인트칠을 했다. 그때 유리창에 묻은 페인트를 게을러서 아직도 지우지 못했다. 시너를 바르면 지워진다고 아빠가 한 들통을 가져다주었는데 고스란히 신발장 밑에 두었다. 그래서 유리는 뺨 한쪽에 아직도 흰색 얼룩을 묻힌 채 있다. 생일잔치 날, 남몰래 좋아하던 친구가 볼에 묻힌 케이크 생크림의 감촉에 부끄러워하는 아이처럼.

　방문에도 칠을 했다. 주방 타일의 틈도 흰색 실리콘으로 메웠다. 그렇지만 그다지 깔끔하고 새침해 보이지는 않는다. 그냥 뭔가를 새로 하긴 했구나 하고 알아채는 정도지. 손이 맵고 야무져야 뭐든 에헴 하며 마무리할 수 있는데 남편과 나는 둘 다 그런 편이 아니다. 그렇다고 놀이하듯 슬렁슬렁 한 건 아니고 정말 열심을 떨어가면서 했는데도 아이들이 헥헥거리면서 나름 한다고 한, 어설프기 그지없는 어버이날 특별 요리처럼 되어버렸다. 그런 얘기를 하자 누군가는, 다들 공임 주고 리모델링 하고 이사를 가는 거라며 눈을 동그랗게 떴다. 나는 내 손으로 하고 싶었다며 시침을 뚝 뗐다. 사실 우린 타일 시공이니 리모델링이니 하는 건 결혼하고 나서 이것저것 검색을 해보고 그런 게 있다는 걸 알았다. 이사 준비란 건 짐 싸고 벽지 하고 장판 하면 되는 거 아냐, 라는 식이었다.

세면대에서 손을 씻고 있으면 타일 사이에 백시멘트가 우둘투둘하게 발라진 게 매일매일 눈에 띈다. 그리고 나와 남편의 허술함과 서투름에 웃게 된다. 조금 부아도 나고. 그리고 다음날에는 다시 피식 하게 되고. 그 다음날에는 또 좀 부아가 나고, 그 다음날에는 또 웃고.

'아빠는 뭐든지 척척 하던데 말이야 남편은 정말 꾸물거리는 게 답답해죽겠다니까' 하는 하소연은 여러 곳에서 들었다. 이제 친구들이 제법 여럿 결혼했다. 결혼한 친구들이랑 있으면 그런 얘기들을 하며 낄낄 웃는다. 그러니까, 실은 별로 맘속에 꿍쳐놓지도 않은 이런저런 불평들을 일부러 끄집어내가며 흥겨워하는 것이다. 여자는 연인에게 아빠를 바라고, 남자는 연인에게 엄마를 바라고, 그게 다는 아니지만 참 결국엔 관계가 그렇게 복잡한 것만도 아니구나 싶어서 그런 때는 마음이 산뜻해진다. 그리고 다음날이면 다시 복잡함에 이를 앓듯 끙끙거리고.

사람 관계만큼 없는 게 없는 시장이 있을까. 사랑에 관해서만큼은 이 말도 맞고 저 말도 맞다. 네 말도 옳고 저기 저 말도 옳다. 헤아릴 수 없이 많은 순간만큼 헤아릴 수 없이 많은 진실이 있다. 사랑에 대해 이야기할 때만큼 그 사람의 얼굴이 매력적일 때가 있을까. 술집의 노란 불빛 아래서든, 대낮의 환한 카페에서든, 골목골목의 산책에서든. 나는 그럴 때마다 그 사람을 지그시 바라보고, 너그러워진다. 그 눈가에 켜켜이 쌓여 있는 시간을 상상하게 된다. 없는 게 없는 너의 감정처럼 나의 감정도 마찬가지다. 나도 누군가를 죽이고 싶을 만큼 미워했던 적이 있었고, 평범한 내 안에 이렇게 환하고 밝은 게 있는가 싶었던 적이 있었다. 너무 밝아서 문득 괜히 눈물이 나기도 하는.

　사람 관계에 없는 게 없듯, 우리집도 낡았지만 없는 게 없다. 다들 집에 와서 하나씩 톡 던져주고 갔다. 일단 튀김기. 남편이 돈가스를 좋아해서, 친구가 그래 어디 한번 맘껏 튀겨먹어봐라 하고 던져줬다고 한다. 얼마나 돈가스를 좋아하느냐면 자기 노래 가사로 썼을 정도다. 꿈지럭대며 요리를 만들어줘도 "와 맛있겠다. 근데 돈가스도 하나 좀" 이래서 처음엔 김이 좀 샜다. 스팀다리미도 있다. 커플 실내화도, 주황색 쿠션이랑 머그컵도, 전기포트도 있다. 자꾸 물주전자를 태워먹어 물을 끓여도 쬐끄맣고 검은 무언가가 물에 동동 떠다니는 바람에, 집들이 때 냄비에 물을 끓여주었더니 그걸 눈여겨봤나보다. 직접 수놓은 앞치마도 받았다. 바비는 평소에도 자꾸 뭔가를 주길래 내가 미안

○

해서 집들이 선물은 됐다고 했다. 자비로운 바비.

살림 자랑엔 미니 오븐도 빼먹을 수 없다. 미니 오븐에 생선을 구워 먹으면 냄새가 안 나서 좋다는데 아직 못 먹어봤다. 나는 생선을 좋아하지만 요리가 되기 전 도마에 누워 있는 생선은 보기도 다듬기도 미안스러워서, 그러면 아예 먹지를 말 것이지, 아무튼 그렇게 된다. 미니 오븐은 시어머니가 보내주었다.

새로 나의 법적인 어머니가 된 이 나이든 여성은, 내 사람이다 싶으면 동물적으로 정을 준다. 이분은 중환자실을 밥먹듯이 오갈 정도로 몸이 많이 쇠약한 상태였다. 아들 결혼식을 보기 위해 몇 달간 체중을 이 킬로그램 늘리려 그 고생을 할 정도였으니까. 처음 봤을 땐 그렇게 마른 사람을 태어나서 본 적이 없어서 깜짝 놀랐다. 말랐다는 말로는 표현이 되지 않을 정도였다. 팔뚝이 말 그대로 아기 팔뚝 같았다.

그런 분이 겨우 몸을 좀 추스르자마자 시골에서 박스를 보내주었다. 담긴 건 때가 낀 플라스틱 그릇 한아름과 미니 오븐, 레몬즙으로 담근 팽이버섯 초무침 항아리다. 그녀는 젊었을 때 민박집을 운영하며 외아들을 길렀다. 그릇이 아주아주 많으니까 말만 하라고 하셨다. 남편과 함께 김이 모락모락 나는 물에 그릇을 한참 씻다가 거의 끝나갈 무렵, 남편이 지나가듯 말했다.

"우리 엄마가 예전에는 그릇을 이렇게 쓰지 않았거든요……."

나는 그가 하지 않은 말까지 이해했다. 얼른 받아서 말했다. 그럼요,

우리 엄마도 그러는걸 뭐, 나이가 드니깐 잘 안 보이잖아, 힘도 들고, 똑같은 살림을 하루 세 번 삼십 년 해봐요. 어디 그릇 틈새까지 박박 닦고 싶겠어, 나라도 싫겠다.

나는 아픈 사람이 시장에 가서 버섯을 사고, 식초를 넣어 절이려다가 식초가 없어서 냉장고에 있던 레몬즙을 뿌리는 광경을 상상한다. 엄마들은 먹을 것을 입에 넣어주는 것으로 자식들한테 사랑을 표현하는 것 같다. 뭐라도 해주고 싶은데 다 큰 아들한테 징그럽게 뽀뽀를 해줄 수도 없는 노릇이고, 멀리 사니 자주 오라고도 할 수가 없고, 멀거니 얼굴을 들여다보고 있어도 화제가 떨어지는 경우도 많고, 마음은 한가득인데 뾰족한 수가 없으니까, 간만에 아들이 와도 종일 부엌에 있는 것이다. 그만하고 여기 와서 같이 있자고 해도 잠깐만 잠깐만 하고 좀처럼 오지 않는다. 엄마들이 그렇다.

나는 우리 엄마가 이것도 먹어라 저것도 먹어라 하는 게 예전엔 좀 답답했다. 배불러죽겠는데 자꾸 그래서. 지금은 군소리 없이 먹는다.

내가 사랑하는 사람의 엄마.

엄마 애기를 할 때 그의 표정은 잘 알 수가 없다. 의사가 마음의 준비를 하라고 할 때, 나는 그에게 괜찮냐고 하나마나 한 소리를 했다. 그는 대기실 의자에 가만히 앉아 있었다. 앉아 있었다기보다는 아무 감각도 없는 채 의자 위에 얹혀 있었다고 해야 하나. 응급실의 의식 없는 환자에게서는 피비린내가 났다. 내출혈. 인간의 피. 인간의 피에서

○

그토록 강렬한 냄새가 나는지 그전까진 몰랐다. 그날은 새해 첫날이었다. 대기실의 티브이에선 연말 수상식이 떠들썩하게 진행되고 있었고 진행자가 농담을 했지만 대기실 사람들은 아무도 웃지 않았다. 멍하니 화면을 응시할 뿐이었다. 그 긴밤에 내가 할 수 있는 일은 옆 편의점에서 삶은 계란을 사다가 건네주는 것밖에 없었다. 그는 두 개 먹었다. 한고비를 넘기고, 며칠이 지난 나중에서야 그는 나에게 안겨 울었다.

다행히도 지금 그녀는 자가 호흡을 시작한 상태다.

그는 막 스물아홉이 되었다. 엄마를 잃기에는 너무 젊다. 아니다, 어느 나이나 엄마를 잃기에 적당한 나이는 없다. 절대 없다. 나는 우리 엄마가 앞으로 삼십 년이고 사십 년이고 살 거라고 생각하지 않으면 잠을 못 자겠다. 엄마가 가고 싶다는 유럽여행도 꼭 한번 같이 가보고 싶고, 엄마랑 쇼핑도 하고, 산책도 하고, 엄마한테 밥도 해주고, 또 해주는 밥도 먹고, 언제까지나 그러고 싶다. 나는 엄마가 없으면 안 될 것 같다. 전화도 자주 안 하고 남들 다 하는 문자도 잘 안 하고, 멀면 얼마나 멀다고 자주 찾아가지도 않아도, 그래도.

이 박스는 그녀가 응급실로 가기 전 마지막으로 보내준 선물이다. 박스 안에 있던 커다란 글씨의 편지를 나는 주방 벽에 붙여두었다. 자주 읽지는 않지만 거기 붙어 있는 것만으로도 마음속 어딘가가 조용해지는 기분이 든다.

'오븐에 열기가 있을 땐 꼭 수건으로 문을 잡고 열려무나.'

집이 조금씩 데워진다. 낡았지만 따뜻하다.

○

그의 소년 시절 이야기°

그의 소년 시절 이야기를 들었다. 그는 초등학교 육학년 때부터 하숙집에서 살았다고 한다. 학교에 가려면 나룻배를 타고 강을 건너야 하는 시골에 살았기에 시내 유학을 갔던 것이다. 소년의 부모는 서울에서 온 화가와 기자였다.

그때 소년의 하숙집 주인 할머니는 대단한 양반이었다. 일주일간 여행을 가면서 집 전체의 보일러를 잠그고선, 것도 모자라 보일러 물까지 죄다 빼놓았다. 눈에 보이는 건 죄다 꽝꽝 얼어붙는 강원도의 겨울이니 소년은 당연히 추웠다. 하숙집 가까이에는 소년이 다니던 학원의 과학 선생님이 살고 있었다. 선생님은 소년의 전화에 남편과 함께 집으로 와서 보일러를 틀어주었다.

그후로도 소년은 크고 작은 일에 그녀의 도움을 받았다. 그녀는 소년을 집으로 불러 음식도 해 먹이고 시시콜콜한 일상도 물어보고 했을 것이다. 어떤 맥락인지는 모르겠지만, 그녀는 소년 앞에 앉아 눈을 맞추고는 소년의 손을 붙잡고 "예슬아, 살아야 된다, 살아야 돼, 알았지"라고 말한 적이 있다. 나는 그걸 생각하면 좀 웃음이 나온다. 그래, 선생님 눈에도 어린아이가 참 안돼 보이기는 했는가보다. 그래도 그 비장함은 아무래도 역시 웃음이 나온다. 마음은 알 것 같다. 내가 웃으니 그도 따라 웃으면서 "재밌는 분이셨어요. 가끔 사차원 같은 성격도 좀 나오고"라고 한다. 지금 듣긴 좀 과한 면도 있지만 그가 선생님의 말을 여태 기억하는 걸로 보아 그 말은 아마 꽤 힘이 되어주었던 게 아닐까 싶다. 소년의 어머니는 이 주에 한 번 편지와 함께 반찬을 냉장고에 넣어주고 갔다. 아버지는 중국에 유학중이었다. 소년은 외로웠을 것이다.

그는 중학생이던 당시부터 지금까지 매해 그녀에게 전화해 안부를 묻는다. 언젠가부터는 그녀가 그에게 더 고마워한다고 한다. 어떤 제자가 이렇게 십 년 넘게 꼬박꼬박 선생을 찾아주겠냐면서.

나는 이래도 어깨를 으쓱하고 저래도 으쓱할 것 같은 그 특유의 무표정을 바라보며 "정말 고마운 분이네요" 하고 말한다. 그를 보면서 신기한 점은 어떻게 이렇게 맺힌 데가 없을까 하는 것이다. 같은 사람인데 왜 맺힌 데가 없겠냐마는, 뭐랄까, 나같이 꽁한 사람이 열세 살부터 부모와 떨어져 이런저런 일을 겪어야 했다면 나는 연쇄살인범이 되었을지도 모르겠다. 과장을 좀 섞었지만 그렇다는 소리다. 그의 눈매

는 아무리 무표정일 때라도 선하다. 왜 그럴까 싶어 자세히 들여다본다. 그리고 보면 사실 그리 웃지도 않는다. 이런 걸 떠올리면 좀 억울하다. 나는 웃을 때도 눈매에 날카로운 기가 남아 손해를 본다.

"당시 아들이 있으셨으니까 나한테도 비슷하게 마음이 갔겠죠. 아마" 하고 그는 얘기한다. 모르겠다. 세상 엄마들이 아무리 속 넓고 다정하다 해도 모두 그렇지는 않다. 대전에서 대학원을 다닐 때 나는 기차 옆 좌석에서 이런 말을 들은 적이 있다. 신학기 무렵이었던가. 아들에게 어머니가 이렇게 말했다. "야, 애들 기숙사 이삿짐 옮기는 거 도와주고 그러지 마라. 그렇게 쥐봤자 돌아오는 거 하나 없다." 그 목소리에 묻어 있는 짜증이 기억에 남았다. 아들은 아무 대답이 없었던 것도 같다.

과학 선생님에 대한 얘기를 나한테 해주던 그 봄에 그는 아직 내 남자친구였다. 어린 시절의 은인을 잊지 않는 마음씀씀이만큼 나를 따뜻하게 한 것은, 그만한 주변의 도움이 흘러들 만큼 그가 자연스럽게 빛나는 존재라는 점이었다. 좋은 선생님도 많고 그만한 도움쯤 흔할지도 모른다. 그래도 누구나 그 정도의 도움을 항상 남에게 주는 것은 아니듯, 아무나 당연히 도움을 받을 수 있는 것도 아니다. 마음이 열려 있어야 열린 창문으로 공기가 통하듯이 도움이 도착한다.

그는 알고 있을까. 이 이야기를 들었을 때가 그와 결혼을 해도 괜찮겠다는 생각이 든 순간 중 하나라는 것을.

○

"당시 선생님은 몇 살 정도였어요?" 하고 묻자 그는 "선생님 애가 막 걷기 시작할 때쯤이었으니까, 한 스물여덟아홉 되었지 싶네요"라고 대답한다. 어린아이를 낳아서 먹이고 기르는 건 대단한 일이지만 그래도 자기 자식이니 그렇다 친다. 아이는 낳을 수도 있고 안 낳을 수도 있는 거니 '우리 엄마는 내 나이가 되었을 때 벌써 애가 몇이었는데'라는 식으로 말하려는 게 아니다. 내가 생각하는 것은, 남의 어린 자식에게까지 곁을 주고 이상한 농담도 하여 웃게 하면서 살아야 한다고 기운을 북돋아줄 수 있는 나이가 스물아홉이라는 점이다. 나는 스물아홉 때 누구도 돌본 적이 없다. 나는 아직도 아이 같다는 기분이 든다. 자책하는 것은 아니다. 다만 당시의 젊은 그녀가 정말 고맙다. 그녀가 아니었다면 지금의 그는 그가 아니었을지도 모른다. 지금의 그가 아니기에 내 남편 또한 아닐지도 모른다.

결혼 후에 남편과 함께 그녀를 만난 적이 있다. 문을 열고 들어오는 순간 활기찬 기운을 가득 몰고 오는 종류의 사람이 있다. 그런 사람이었다. 그리고 어딘가 쉰 듯한 괄괄한 목소리로 남편의 이름을 불렀다. 너무나 반갑게. 이런저런 이야기가 오가다가 그녀의 아들 얘기가 나왔다. 고등학생이라 수시에 합격해 대학 갈 날을 기다리고 있다는데, 재미있는 건 학교에 인형을 들고 다녔다는 점이다. 그것도 휴대폰 고리류의 조그만 인형이 아니라 곰인형같이 눈에 좀 띄는 인형이었다고 한다. 반 아이들이 놀리지 않았냐고 물으니 "여자애들이 좋아해서 좋다고 하던데"라면서 웃으신다. 그 아이는 모르긴 몰라도 자기 스타일이 있는 남자로 컸지 싶다. 자기 스타일이 있으려면 일단 자신감이 있어야 한다. 자신감은 따뜻한 데서 나온다. 남의 자식한테 따뜻한 사람이니 자기 자식이야 따뜻하게 키웠음은 말할 나위도 없을 것 같았다.

결혼의 실제 1[○]

가끔씩, 자주는 아니고 드물게, 한밤중에 일어나 앉아 잠이 든 상대의 얼굴을 말없이 들여다보고 싶을 때가 생긴다. 가면 같은 표정을 상대가 깨서 보면 깜짝 놀라버릴지도 몰라 실행에 옮기진 않는다.

○

사랑스러운 에너지

B씨를 만난 건 몇 년 전 잠깐 요가 수업을 들을 때였다. 스튜디오를 가로질러 오는 그녀를 처음에 보고 놀랐던 것이, 눈에서 무슨 빔이라도 쏟아져나오는 것 같았기 때문이다. 지ー잉. 눈뿐만 아니라 몸 전체가 타오르는 듯한 존재감을 가지고 있었다. 몸에 착 붙는 요가복을 입은 몸매는 임신중임에도 불구하고 말할 수 없이 탄탄하면서도 유연해 보였다. 탄력 있는 피부가 근육을 감싸고 있는 듯한, 무지하게 여성스러운 몸매. 동작을 하며 가끔씩 맞은편에 있는 그녀를 힐끔힐끔 보았다.

그후 요가 선생님의 소개로 그녀도 음악을 한다는 걸 들었고, 여덟 살 연하의 남편과 다큐 프로그램에 나왔다는 것도 알게 되었다. 수업이 끝나고 같이 나가면서 몇 마디를 나눴다. 얼굴을 마주보는데 역시 눈동자가 엄청 까맣고 뜨거웠다. 감정으로 가득차서 뜨거운 게 아니라 온도 자체가 높아 보였다. 매력적인지 아닌지 따질 생각도 들지 않는다고 해야 할까. 애초에 매력이 있다 없다 하는 카테고리에 들어가지가 않았다. 이 정도니까 나이 차가 그 정도 나는 남편과 살 수 있는 거구나 납득했다. 나이 차가 커플 간에 문제가 된다는 것은 세대 차 때문에 대화 주제가 한정된다든지, 그래서 '너는 나를 이해해주지 않아' 하고 소외감을 느낀다든지, 서로 간 노화 속도의 차이에서 박탈감이나 조바심을 느낀다든지 하는 문제만은 아니지 않을까. 그 이전에 좀더 근본적이고 더 단순한, 에너지의 문제이지 싶다. 이를테면 십대 남자라면 행동이건 감정이건 여차하면 폭발할 듯한 에너지를 가지고 있을 것이다. 사람에 따라 정도는 다르겠지만.

베르나르도 베르톨루치의 영화 한 장면이 기억난다. 학교 가기 싫어하는 주인공 남자애가 혼자 누워서 헤비메탈을 듣는 장면이었다. 심리 상담을 받을 때 아무 말도 하지 않는 걸로 보아 속에 쌓인 게 많으리란 건 짐작할 수 있었다. 그렇지만 음악에 박자를 맞추는 방식이 나로선 참 금시초문이었다. 무언가를 잡아먹을 듯이 허공에 주먹질을 하고, 스카이콩콩이라도 하듯 침대에 쉴새없이 몸을 팡팡 튕기고. 아무리 헤비메탈이라도 그렇지, 어찌나 격렬한지 그 뻗쳐가는 양기에 식겁하고 말았다. 이봐, 나는 내가 공연할 때도 보통 가만히 앉아서 한다고. 노년의 감독은 이 영화를 기획할 때 투병중이었다던데, 그 또한 소년기 특유의 에너지에 매료되어서였겠지 싶다.

찾아본 다큐멘터리 속 B씨는 정말 그림처럼 살고 있었다. 우리처럼 둘 다 뮤지션인 젊은 부부는 살림이 좀 빠듯했지만 참 아기자기하고 곰살맞았다. 공연이 있으면 두 살배기 아이를 업고 버스를 타고 길을 떠난다. 등에 업힌 아기는 방실방실, 햇살은 반짝반짝. 물론 그런 방실방실 반짝반짝이 다가 아니겠지만, 아마도 그런 건 이십 분짜리 에피소드 다섯 개로 다 풀어낼 수 있는 건 아닌 것 같다.

  그들은 아마 혼자 있어도 잘 살 사람들 같았다. 이런 말을 하면 오해를 살지도 모르지만, 서로가 아니고 다른 인연과 가정을 이루었더라도 역시 그 나름의 방식대로 행복하게 살 것 같았다. 그만큼 땅에 야무지게 발을 붙이고 서 있었다. 자신과 상대를 아끼는 법을 잘 알고 있었다. 그러지 않고서야 고된 하루를 보낸 뒤, 종일 우쿨렐레 강습을 하고 온 스물두 살짜리 남편에게 "내가 너를 너무 힘들게 하는 것 같아서"라며 눈물짓기는 쉽지 않다. 좁다란 부엌에서 밤새 둘이 만든 머핀 이백 개를 이고 지고 행사장으로 가면서 "사람들이 맛있게 먹어주기야 한다면야"라고 웃으며 말할 수는 없다. 재료비니 일 도와준 후배에게 주기로 한 수고비니 떼고 나면 남는 것도 거의 없는데도. 정성을 들여 만든 음식을 타인과 나누는 일 자체가 그들은 행복한 것이다.

  그런 사람이라서 "무대에서 조명이 얼굴에 비치면 마음이 착— 이렇게(손을 가슴에 댄다) 편안해지거든요. 그러면서 여기가 내 자리구나 싶어요"라고 말할 수 있는 것일까? 편안해지다니, 그런 건 나로서는 잘

○

모르겠다. 긴장해서는 아니다. 나는 무대에 서면 소리가 뱅글뱅글 회오리치는 기분이 든다. 눈을 가늘게 뜨고 잘 보이지 않는 무언가를 보려고 하는 것에 가깝다고도 할 수 있다. 아무려나 서로 스타일은 다르겠지만 마음이 착— 하고 편안해진다니, 상상해보면 그것도 참 멋진 일이다. 착— 안녕하세요 계피입니다. 착— 다음 곡을 들려드릴게요.

　사랑스러운 사람들이었다.

남자는 시계가 있어야지

결혼식 준비기를 한번쯤 써보고 싶은데 엄두가 안 난다.

결혼식이란 무엇인가. 무얼까나.

매사를 책으로 먼저 배우는 나란 사람은 심지어 결혼을 결정하기 전에 '결혼이란 무엇인가'라는 주제로 책을 여러 권 사서 읽기까지 했다.

그때 읽었던 책은 제목도 기억나지 않고 직접적으로 큰 도움이 된 것 같지도 않다. 하긴 어떻게 직접적으로 도움이 될 수 있겠는가. 책은 책이지. 그래도 꽤 신선하고 재미있었다. 그중에 우리 어머니 세대, 즉 한국 페미니스트 1세대가 쓴 수기집이 있었는데, 오히려 지금 젊은 여자들보다 스스로에게 정직한 면이 있어서 놀랐다. '결혼 후 몇 년이 지나 판에 박힌 생활에 괴로워할 때쯤, 나는 나 자신에게 물어보았다. 남편이 나를 이해해주는 것이 꼭 필요한지. 답은 아니라는 거였다' 식

215

의 문장이 있었던 것을 기억하고 있다.

대단하지 않은가? 그 결론이 긍정적이고 부정적이고를 떠나서, 진짜로 그 정직함이 대단하지 않은가? 혀를 내둘렀다. 더이상 사랑을 느낄수 없었다는 류의 말은 없어서, 적어도 상대의 이해에 목말라서 이해좀 해달라고 쥐어짜다가 결국 분노가 쌓이고 쌓여서 냉랭해져버리는길로 휘말린 건 아닌 것 같았다. 한마디로 '아님 말고'의 자유가 아닐까. 이해받으면 좋지만, 네가 나를 이해하지 않을 권리를 존중할게. 응원해주면 좋지만, 응원해주지 않는다고 화를 내지는 않을게. 동의해주면 좋지만, 동의가 없더라도 나는 스스로 필요한 일을 할게. 그래서내 힘으로 행복해질게. 이런 거. 꿈보다 해몽인지도 모르지만 아무튼멋졌다. 스바라시이(일본에 녹음하러 가서 딱 한마디 배운 말이다. 난데없지만).

그렇게 결혼을 주제로 한 책은 읽었지만 결혼식에 대한 책은 읽지못했다. 왜냐면 너무 바빠서. 정말 결혼 준비라는 것이 그렇게 바쁠줄 알았다면 가을방학 디지털 싱글 발매를 결혼식 한 달 전으로 잡지도 않았을 것이고, 신혼집으로 이사도 진즉 했을 것이고, 웨딩플래너를 고용했을 것이고. 결혼한 친구들이 아무리 결혼 준비가 빡세다고입을 모아도 "남들 다 하는 거 안 하면 되지 뭐"라면서 나만은 다를 거라고 호기롭게 웃던 나였다. 그렇지만 모든 일을 치르고 나서는 앞으로의 일들에 대해 이렇게 생각하는 경향이 생겼다. '너라고 다를 것 같냐?' 무척 겸허해졌다.

무엇이 그다지도 바쁜가에 대해 짧게 설명하자면, 이런 것이다.

한창 결혼식 준비를 하는데 어느 날 아빠한테 전화가 왔다. 사위될 김서방한테 시계를 사주겠다는 거였다. 김서방한테 이미 물어본 거였는데, 그는 시계는 보통 차지 않으니까 필요 없다고 했었다. 됐다고 하는데 아빠가 부득부득 우기면서 한 말은 다음과 같다.

"남자는 시계가 있어야지."

그 말을 듣고 순간 벙해지고 말았다. 남자는 시계가 있어야 하는 것인가. 그런가, 남자란 그런 건가. 남자란 게 그런 건지는 그 각도로는 한 번도 생각해본 적은 없지만, 날도 덥고 해는 머리 위로 뱅글뱅글 돌아가고, 나는 모르는 유구한 사회문화적 관습 및 전통의 세계가 그 장대한 모습을 언뜻 비추인 건가 싶고, 그러다보니 이상하게 수긍이 가서 그러자고 해버렸다. 깊이 생각한 건 아닌데 어쩐지 그래야 할 것 같은 분위기인 거라.

그 '어쩐지 그래야 할 것 같은 분위기'가 바로 바쁨으로 들어서는 표지판, 미로의 시작, 마법의 지팡이다. 준비 중간 단계쯤 되면 알면서도 빠져나올 수 없게 된다.

나는 '청담동 웨딩드레스 투어' 같은 건 하지 않았다. 웨딩드레스에 대해 동경을 가진 적이 없어서다. 신랑이 신부에게 무릎 꿇고 꽃 내미는 스튜디오 촬영도 안 했다. 그런 건 우리 성격엔 어쩐지 남세스러워

○

서. 대신 자주 데이트하던 거리에서 사진을 찍었다. 청첩장은 대부분 우편으로 보냈다. 사회적 예의와 관습이고 뭐고 일단 당사자인 나부터 조금의 여유라도 찾는 게 좋다는 생각에서였다. 이는 나중에 친구들한테 잔소리를 아주, 아주 많이 들었지만. 하객으로 정말 가까운 분들만 초대했다. 안 한 거 되게 많다. 진짜로 남들 다 하는데 안 한 거 되게 많지만 그래도 '어쩐지 그래야 할 것 같은' 일은 무지 많았다. 실수하거나 미처 챙기지 못한 일도 참 많다.

그래도 그렇게 난리법석을 떨어가면서 결혼식을 준비했던 만큼 결혼식 자체는 소중한 기억으로 남는다. 나는 나한테 친구가 그렇게 많은 줄 처음 알았다. 초대한 분들 중 한두 명 빼고는 전부 와주셨다. 그게 참 고마웠다. 사람이 네 명만 넘어가도 만나는 시간을 정하기가 쉽지 않은데, 내 일로 그 많은 사람들을 다 모으다니. 축하한다는 한마디 한마디가 그렇게 기뻤다. 전엔 그런 의례적인 거 흥, 하면서 시큰둥했는데, 대부분 그냥 예의상 가서 밥이나 먹는 거 아냐, 이렇게 생각했는데 그게 다가 아니었다. 사람들 얼굴 하나하나에 마음이 따뜻해졌다.

그렇게 고맙긴 했어도 역시 나는 나라서, 결혼식 오 분 전에는 신부 대기실 문을 닫아버렸다. 문밖에서는 "왜 신부를 못 보나요" 등등 웅성거리는 게 들려도 꽃길을 걷기 전에 심호흡은 하고 가고 싶었으니까. 그렇게 결혼식장으로 들어갔는데 심호흡 덕분인지 떨지 않았다.

아무래도 무대에서 닳고 닳아서 그렇기도 하겠지만, 그냥 좋아서 그랬던 것 같다. 그날의 사진을 보면 얼마나 채신머리없이 함박웃음을 짓고 있는지. 축가를 들을 때는 신이 나서 박자에 맞춰서 몸을 좀 흔들흔들했던 것 같은데, 나중에 큰어머니한테 "이것아 방정 좀 떨지 말어"란 소리를 듣고 말았다. 결혼식 날 방정 떨지 말라는 소리를 듣는 신부는 많지는 않을 것 같다.

아아 오늘은 크리스마스다. 크리스마스에 결혼식의 추억을 떠올리다니 참으로 바람직하다. 김서방이 아직 자고 있어서 비록 점심은 혼자 계란간장밥을 먹었지만. 나도 이 정도면 괜찮게 살고 있구나 싶다.

○

고양이의 기브 앤드 테이크°

어딘지 부풀어 있다 싶어 이불을 쓱 걷으면 역시 고양이가 늘어져 누워 있다. 무슨 일이냐는 듯 졸린 눈을 마주쳤다 다시 감는다. 임신했던 고양이를 보내고 얼마 전 새로 잠깐 맡아주기로 한 고양이다. 말 그대로 늘어져 있는 것이, 새삼 어떻게 이렇게 흐늘흐늘할 수 있을까 감탄한다. 완벽한 이완상태랄까. 아무 걱정도 없고 아무 긴장도 없다. 어디에도 불필요한 힘이 들어가 있지 않다. 굳어 있지 않다. 살아 있음의 상징, 유연성. 아, 나도 쉴 때는 늘 너처럼 팔다리고 관절이고 축 늘어질 수 있었으면 좋겠다. 나는 나쁜 꿈을 꾸고 깨어나면 몸이 얼어 있다. 고양이도 나쁜 꿈을 꿀 때가 있을까 궁금해진다. 새끼 고양이는 어미가 목덜미를 앙 물고 옮길 때에 정말이지 얌전히 몸을 맡긴다. 세상에 안심하지 않았다면 그렇게 가만히 있을 수는 없을 것이다. 사랑받는다는 믿음만 있다면 고양이는 그런 존재다. 우다다 하고 뛰어다닐 때는 몸에 전기가 통하는 듯 날랜다. 쉴 때는 계절이라고는 봄밖에 없다는 듯 쉰다. 어디에도 파스텔색이 아닌 게 없다는 듯. 사랑스러워서, 잠이 덜 깨서 눈을 끔벅거리는 고양이 등에 볼을 비비면서, 아이고 귀찮지 그지, 그냥 내버려뒀으면 좋겠지, 그랬어, 도망가기도 귀찮아, 인간은 참 손이 많이 가는 생물이지, 그렇지만 너도 나 컴퓨터 할 때 자꾸 무릎 위에 올라오니까 이 정도는 감수해야 할 거야 낄낄낄, 요놈의 똥글똥글한 발로 키보드 밟아서 오타도 막 내고 말이지, 이게 바로 기브 앤드 테이크란다 낄낄낄, 한다. 고양이는 여전히 눈만 끔벅끔벅인다. 참을성이 많은 고양이님이시다. 털이 말도 못하게 부드럽다.

○

결혼의 실제 2°

며칠간 싸우고 나서 겨우 화해한 다음날 아침, 아직 자고 있는 너한테 슬금슬금 다가가니 네가 나를 향해 돌아눕는다. 내가 팔베개를 할 수 있도록 팔을 내민다. 편안하기에는 각도가 조금 높은 네 팔 위에 머리를 누인다. 따뜻하다. 싸웠던 날에는 네가 내 쪽으로 돌아눕지 않았던 것을 떠올린다. 새삼 서운하지만 곧 눈을 감아버린다. 지금 옆에 있다. 네가, 내 옆에, 숨쉬면서. 다시 온도를 실감한다. 아아 따뜻하다, 난 네가 너무 좋아. 따뜻하다, 따뜻하다.

빌어먹을 헤테로 °

(전화벨)

— 오냐.

— 응.

— 어, 목소리가 안 좋은데.

— …….

— 뭐냐, 남편이야? 싸웠어? 왜 그래. 내가 혼내줄까? 일루 오라 그래.

— 계피 너밖에 없다.

— 어유…….

— 내가 진짜 유관순 열사 되기 싫은데, 유관순 열사 됐어. 독립투쟁 하듯이 싸웠다니까.

— 지랄 났네 지랄 났어.

— 그럼 지랄 났지.

°

— 아이고.

— 있잖아. 내가 바라는 건 대단한 게 아닌데, 왜 이렇게 힘들까? 신혼이면 다들 알콩달콩한다는데 나는 그게 무슨 놈의 콩인지 모르겠어. 겉으로는 아무 문제없어. 남편이 계집질하는 것도 아니고, 술 먹고 노름하는 것도 아닌데, 나는 있잖아……

— 응.

— 가장 평범한 걸 원하는 것 같은데 그게 그렇게 안 돼. 그냥 나랑 안 맞는 사람인가보다 하는 생각이 자꾸 들어.

— 자질구레하고 해도 그만 안 해도 그만인 건 잘 맞춰주는데 내가 제일 원하는 건 안 맞춰주지.

— 아니 청소 같은 거 해줘도 안 해줘도 그만인데, 난 청소하는 거 안 싫어하거든. 나는 그냥 내 기분 공감해줬으면 하는 거 그뿐인데, 남자들은 원래 그런 거 못한다는 거야. 친구들하고 얘기해봐도 남자는 원래 그렇다는 거야.

— ……

— 아까 엄마랑 전화를 했어. 엄마가 어떻게 전부가 내 맘에 쏙 드는 사람하고 살 수 있겠냐고 그러더라. 엄마가 나 걱정돼서 하는 말인 줄은 알겠는데, 진짜 그런 말 들으니까 더 복장이 터지고.

—그러게……

— 나만 자꾸 미친년이 되어가는 느낌이 제일 속상해. 화내는 거 너

무 지치고 힘들고 피곤하고.

— 말도 마. 다들 그렇게 되는 구석 하나씩 있어. 나 요새 글 쓰잖아. 괴로운 기분일 때 한 꼭지 썼는데, 다 써놓고 읽어보니까 이게 제정신이 아닌 거야. 사람들이 아 계피는 정신 나갔구나 하고 생각할 딱 그거더라고.

— 괜찮아. 여기 그 책 사서 공감할 사람 한 명 있다. 똑같은 여자들이 한 권씩 사주겠지, 낄낄.

—그러게. 나 넓은 시장을 가지고 있는 건가, 낄낄.

— 내가 빌어먹을 헤테로여가지고, 여자 좋아했으면 말도 잘 통하고 얼마나 좋아. 여자는 또 얼마나 예쁘다고. 무슨 말도 안 통하는 남자나 좋아해서 이 꼴을 겪지 내가.

—그렇지, 여자는 피부도 좋고. 남자들이야 다리털이나 숭하게 부숭부숭하고 말이지.

○

오리지널리티

책장에 꽂힌 『보통의 존재』를 꺼내보다가 책 뒤표지에서 '마지막 순간에 우리는 단 하나만을 원할지도 모른다. 어쩌면 사랑할 만한 사람을 사랑하고 사랑받을 만한 사람으로 사랑받는 일'이라는 문장을 발견했다. 작가 김연수의 추천사다. 고개를 끄덕이다가 어디서 많이 본 문장이다 싶어서 머리를 굴려보았다. 다름 아닌 예전의 내 일기에서였다. 일기장을 찾아보니 나는 '이 세상의 모든 사람이 원하는 단 한 가지는 누군가가 전적으로 자신을 받아주는 것'이라고 썼었다. 내가 이 책을 보고서 그 문장을 무의식적으로 저장해놓았다가 변형해서 일기에 썼던가 하고 되짚어보았다. 그런 기억은 없었다. 되레 다른 책이 떠올랐다. 『내 안의 어린아이』. 책을 뒤적여 찾아보니 추천사의 문장과 메시지는 엇비슷하되 또다른 문장이었다.

'우리는 모두 다른 사람들과 연결되기를 원한다. 어쩌면 세상 그 무엇보다 그것을 원하는지도 모르겠다.' 에리카 J. 초피크.

이 문장은 정말 그렇다, 하고 고개를 끄덕이면서 공감했던 기억이 난다. 내가 초피크의 말은 받아들이고 소화했음이 분명했다. 참고로『보통의 존재』는 2009년에 출간되었고,『내 안의 어린아이』는 1990년 영국에서 출간되어 한국에는 2011년에 번역출판되었으니 두 문장의 주인은 서로 별다른 영향을 받지 않았을 가능성이 높겠다.

누가 오리지널이냐 아니냐를 떠나서, 세상에는 비슷한 메시지를 담은 여러 표현의 문장들이 하늘의 별만큼 많을 것이다. 밑으로 깊이 파고 내려갈수록 사람이 깨닫게 되는 것은 아무리 문화권이 달라도 서로 흡사한 점이 많은 것 같다. 이를테면 상당히, 정말 상당히 남자들을 여럿 만나고 나서 결혼한 내 친구는 이렇게 말한다. "남자는 다 거기서 거기야." 물론 많이 만났다고 꼭 깊이 알게 되는 건 아니고, 내가 그 말에 꼭 동의하는 건 아니지만 말이다. 아무튼 전 세계에 분포한 문화 원형이 서로 흡사한 모습을 보이는 것은 사실이다.

뚱한 얼굴의 중학생이었던 내가 '내 머릿속에 나만의 고유한 생각은 없는 것 같아' 하고 좌절했던 기억이 난다. 개인의 고유함이라는 게 있는지 없는지 친구들과 토론도 하고. 참, 고 계집애 맹랑하기도 하지. 그럴 시간에 볕 좋은 날 소풍이라도 갔으면 좋았으련만. 이렇게 말해도 그때로 돌아간다면 분명히 또 잔뜩 부은 얼굴로 무언가를 곱씹고 있을 것이란 걸 잘 알고 있다. 아무튼 오리지널리티라는 것은 누가 누구의 영향을 주고받고 하는 문제라기보다는 우주에 둥둥 떠다니는 진리 혹은 모두의 심정 비슷한 것을 촉이 날카로운 사람들이 얼마나 휙휙 잡아채는가 하는 문제에 더 가까울 것 같다.

누군가의 영향을 받은 생각이 오리지널이 아니라고 자책할 것도 없다. 헤르만 헤세의 1919년 작 『데미안』에는 유명한 문장이 있다. '새는 알을 깨고 나온다'가 그것이다. 이는 실은 초기 불교 경전인 『맛지마 니까야』에 여러 번 나오는 문장이라고 한다. 헤세가 소설 속에 자기 문장의 원전을 명시하지는 않았지만 말이다. 『맛지마 니까야』는 1902년 노이만에 의해 독일에 번역되었고, 젊은 헤세가 동양학자인 삼촌 집을 방문하던 시기 삼촌이 그 책을 가지고 있었다고 한다. 딱히 삼촌 댁에서 읽은 건 아니라고 할지도 모르지만, 『싯다르타』 등의 작품으로 미루어 보아 헤세가 동양의 사상에 심취해 있던 것만은 분명하다. 나는 『데미안』을 중학생 때 처음 읽었는데, 등장인물 데미안의 모습을 묘사하던 중 '눈 뜨고 멍 때리는데 너무나 평온하고 심오해 보였다. 파리가 콧등에 앉아도 꿈쩍도 않았다'는 식의 장면을 읽고 그게 당최 뭐하는 걸까 궁금했다. 그저 데미안의 신비로운 모습이라고 생각했는데, 후에 불교를 접하고 보니 데미안은 명상을 하고 있던 거였다.

『맛지마 니까야』에서 그 사상을 영향받았든 아니든, 『데미안』이 좋은 작품이라는 데 반박할 사람은 많지 않을 것이다. 그러니 열심히 보

○

고 듣고 소화하면 된다. 안 보고 안 듣고 안 소화하는 게 오히려 문제겠지. '세상에서 제일 무서운 사람은 책을 한 권만 읽은 사람'이라는 말도 있다. 자신만이 옳은 줄 아는 사람이 큰 사고를 저지르기 마련 아니던가.

라고 중학생이던 내게 말해주고 싶다.

외로움의 새로운 차원 1˚

"야, 내가 생각해봤거든. 요새 며칠간. 아줌마란 무엇인가에 대해서."

"화두구만 화두야. 아주."

"어. 우리의 현실이잖아. 아줌마라는 게 나이들었거나 결혼했거나 아님 나이도 들었고 결혼도 한 여자를 부르는 말이잖아. 근데 이게 남자들이 여자를 은근히 낮추고 싶을 때 쓰는 말이기도 하거든."

"뭐 나이들면 섹시함이 떨어지니까 그러는 거 아니겠어?"

"그거 말고. 그건 남자 입장에서고, 난 여자 입장에서 생각해보자는 거지. 내 결론은 이거야. 신체적인 노화는 어쩔 수 없지만, 심리적으로 '아줌마성'이란 게 있는 거여."

"뭐냐, 그게."

"이거야. 결혼 유무도 아니고 나이가 들어서만도 아니고, '자신만의 기쁨 찾기를 포기한 것'. 남편이랑 애한테서 오는 기쁨 말고. 같은 사

˚

231

람도 아줌마성을 보였다가 안 보였다가 하는 거지."

"오……"

"길 가면서 가만 보면 눈빛이 허여멀건한 여자들이 있어, 왜. 그 무표정하고 짜증나 있고 피로에 지친 얼굴을 보면 참, 으아."

"우리도 나중에 포기가 되면 어떡하지?"

"될 수도 있겠지. 그렇게 되는 건 다 그럴 만한 이유가 있는 거 아니겠어. 애 키우는 게 보통 일이겠냐. 육아에 절어 일에 치여 남편이랑 투닥대, 몸은 점점 골골대. 내가 그렇게 되고 말고랑 상관없이 말야. 왜 그렇게 되는지 이해가 안 되는 게 아니라고 해도 말야. 애처럼 중요한 게 있는데 개인으로서의 기쁨이 어디 성에나 차겠니. 대충 짐작은 하지. 그래도 그 생기 없음의 냄새가 풀풀 풍기는 거, 그거. 그게 참 그래. 속상해."

"하긴."

"전에 어떤 남자 사람 친구가 그러더라. 중학교 때 생물 선생님이 있었대. 사십대 초반 정도였는데. 뭔가 징그러웠다는 거야."

"징그러워? 왜? 선생님이 치근덕거렸어?"

"아니. 암것도 안 했는데 그냥 징그러웠대. 내가 쓴 단어 아니야. 그냥 개가 쓴 단어가 '징그럽다'야. 남자애들 그 나이 때는 진짜 아무데나 상상으로 껄떡대잖아. 그런데 그 선생님한테는 아무 생각도 안 드는 게 오히려 좀 미안했대. 진짜 여자가 너무너무 백색이었다는 거야.

밋밋하기 그지없는 백색 그 자체. 아무 색깔도 없고 풀기도 없고 이상하게 사람 자체가 가짜 같은."

"그래도 징그럽다니 너무하다."

"그치?"

"그래도 지금 이삼십대는 나중에 좀 다르겠지. 우리 엄마 세대는 그럴 수밖에 없었잖아. 아빠 세대가 허구한 날 일만 했던 것처럼, 거기 발맞춰서 돈 한푼이라도 아껴서 살림하고, 애는 곧 죽어도 교육 많이 시켜야 잘 살 것 같고. 그러니까 생활에 개인의 즐거움이란 게 들어갈 여력이 없었을 거야."

"슬프다."

"시대의 아픔이지."

"그래도 우리가 모르는 엄마들의 즐거움이 또 있지 않았겠냐."

"그러길 바라야겠지."

"그리고 제일 중요한 거. 이게 아줌마성에서 제일 슬픈 건데."

"뭔데?"

"남편한테선 이제 내가 원하는 사랑을 받지 못한다는 걸 이해하게 되어버린다는 거야. 미혼인 경우에는 그래도 희망이란 게 있는데 남편이 있다면 진짜 디 엔드잖아. 다른 남자를 찾을 수 없는 건 아니지만 그건 좀 큰, 차원이 다른 액션이란 말이지."

"아……."

○

"그런 거."

"……결혼한 상태에서만 오는 외로움이 있긴 한 것 같다."

"……있지. 완전 새로운 차원이지."

외로움의 새로운 차원 2

"그런데 나쁘지 않아. 포기를 하게 되니까. 나쁘게 말하면 포기고 좋게 말하면 인정인데, 결혼 안 하면 영원히 희망을 가지거든. 안 당해봐서. 내 마지막 사람도 내 것이 아니라는 그 배신감, 함 당해봐야 알지. 그니까 희망이 있는 상태에서는 백 퍼센트는 없다는 걸 절대 인정 안 하려고 하거든. 즈도 백 퍼센트가 어딨냐, 세상에."

"으하하하하하."

"이게 즈나 인생의 레슨이거든. 백 퍼센트는 백 퍼 없거든. 백 퍼센트를 요구받는 사람은 또 얼마나 갑갑하겠냐고, 지는 한다고 하는데. 점점 '행복하려면 이대로를 고마워하지 않으면 안 된다' 이거를, 이 지하철 '사랑의 편지' 같은 데 나올 것 같은 말을 진짜로 받아들이게 된다는 거."

"어휴, 나 옛날엔 그런 말 가식 같고 진부하고 패배하는 것 같아

○

서 진짜 학을 뗐는데, 너무 싫어했는데 점점 그런 게 진심으로 다가 오더라."

"늙나봐. 히히히."

"그러게. 히히히."

그의 애교

방에서 책을 읽고 있는데 그가 슬그머니 다가왔다. 어깨 너머로 몇 줄 읽어보더니, 문득 "이 여자 뭘 좀 아네"란다. 그리고 "작가, 여자 맞지?" 하고 확인한다. 그녀는 '세상에는 연인이랑 하는 것보다 친구랑 하는 편이 더 좋은 일도 많다'라고 썼다. '그런 일 중의 하나는 이를테면 섹스'라고 그녀는 암시하고 있었다.

그는 리버럴한 듯하면서도 리버럴한 사람이 아니다. 나는 어느 쪽이냐 하면 조금 치사할지도 모르지만 '경우에 따라 다르다'는 입장이다. 그가 이런 글귀에 동감하는 게 내심 의외라서 흐응 하면서 가타부타 대답하지는 않고 있었다. 뒤이어 그가 내 머리를 쓱쓱 쓰다듬으며 하는 말이, "그래서 우리가 연인이자 친구인 것이죠"이다. 아무튼 뭐든 자기랑 하자는 거다.

웃고 말았다.

결혼의 실제 3

"자기, 새로 쓴 가사에 그건 누구 얘기예요?"

"안 알려줄 건데."

"나예요, 아니에요?"

"안 알려준다니까."

현실의 등

그는 기타를 치면서 노래를 만들고 있고 나는 옆에 늘펀하게 누워서 만화를 본다. 현실의 여자에는 모두 좌절만 하다가 결국 가상현실 속 미소녀와의 사랑을 이루려고 분투하는 아저씨가 만화의 주인공이다. '대머리에, 뚱보에, 안경잡이에, 이런 내가'라고 주인공이 말한다.

1권 말미에 나오는 작가의 말에 의하면 주인공이 다니는 인쇄소는 작가가 삼 년간 다녔던 회사를 모델로 하고 있다. 발렌타인데이에는 직원들이 오백 엔씩 걷어서 초콜릿을 사서 돌렸다고 한다. 그리고 작가는 인쇄소 한켠 창고에서 초콜릿을 든 채 울었다.

'너는 패배자야. 자기 자신을 끝까지 부정했지.'

가상현실의 인공지능이 주인공에게 하는 말이다. 나는 가슴이 찔리는 것 같다.

이상하지. 가끔 나는 '대머리에, 뚱보에, 안경잡이에, 이런 내가, 정

○

말이지'라고 말하고 있는 듯한 기분이 들어. 아무리 내가 대머리가 아니고, 모델은 아니지만 뚱보도 아니고, 안경을 안 쓰고 있어도, 그래도 본질은 '대머리에, 뚱보에, 안경잡이에, 이런 내가 어떻게' 하고 중얼거리고 있는 것만 같아. 이상하지. 내가 이룬 건 쥐똥만큼밖에 없고, 아무 쓸모도 없고, 아무도 없는 방 안에서 혼자 거울을 보고 있는 것 같은, 이상한 부적응의 맨홀 속에 쑥 빠져버리는 거야. 잘 걷다가.

심리학자는 이런 심정을 이렇게 말할 것이다. 교묘하게 상대를 과소평가하는 환경에 많이 노출된 탓에 스스로가 열등하다는 환상에 집착한다고. 혹은 주변에 비해 우월해야 한다는 강박에 휩싸여 비현실적인 잣대를 스스로에게 갖다대고는 그 잣대에 미치지 못하는 자신을 학대한다고.

그럴지도 모르지만 별로 상관은 없다. 한마디로 '지금 그런 기분'일 뿐이기 때문이다. 자주 그런 기분이 든다고 해도 마찬가지다. 나의 기분과 현실은 일대일로 대응되지 않는다는 걸 정말 오랜 시간에 걸쳐 배우는 중이다. 동영상의 영상과 음성 싱크가 어긋나는 것과 같다. 몸은 시간과 함께 화살처럼 앞으로 가는데 언젠가 쌓아두었을 감정이 색안경이 되어 내 눈을 가린다.

가끔 나는 현실감각을 잃어버린다. 나를 둘러싼 모든 것이 나와는 아무 상관도 없는 것만 같다. SF영화처럼. 다른 사람도 그랬으면 좋겠다. 그래서 내가 정상이라는 걸 알 수 있게.

이런저런 생각 사이로 너의 노래가 귀에 흘러들어온다. 연애감정을 말하는 노래는 듣다보면 자꾸 슬퍼져서 점점 잘 못 듣겠다. 내 옆에 있는 네가 사실 가상현실이 아닐까 하는 바보 같은 생각을 한다. 이런 내가 정말 너를 내 사람으로 만든 걸까. 너의 등에 이마를 기댄다. 너는 그대로 노래를 부르고 있다. 너의 등이 따뜻하다.

네가 언제까지나 현실이었으면.

◦

붉은 노을°

꿈에 엄마가 돌아가셨다. 엄마가 신었던 신발만 집으로 돌아온 것을 보았다. 민트색 샌들이었다. 예쁜 우리 엄마답게 굽이 훤칠하게 높은 샌들. 거기 눈이 닿자마자 나는 앞으로 고꾸라지듯이 울었다. 깨고 나서도 속이 터질 것 같아서 엄마한테 전화를 했다. 엄마가 웃으면서 아이고 나 오래 살겠네, 했다. 꿈은 반대라고 하니까. 그러면서 김서방은 어떠냐고 물어보셨다.

그 사람은 별로 티를 안 내요. 그래서 더 걱정이 되더라, 엄마.

엄마가 대답했다.

할머니 돌아가셨을 때 니네 아빠도 그러데. 좀 침울해지기는 하는데 우는 건 본 적이 없어. 한두 번인가 빼고. 남자들은 그런가봐.

우리는 그래도 시어머니 돌아가시기 전에 결혼해서 다행이라는 대화를 나눈다. 고인에게 아들이 결혼하는 모습을 보여드릴 수 있었기 때문만이 아니다. 산 사람 때문에 그렇다. 슬퍼하는 사람 옆에 매일 있어줄 수 있어서 다행이다.

돌아오는 일요일이 사십구재다. 망자가 산 자들의 세계에 머물러 있는 기간이 사십구 일이라고 한다. 그래서 그 기간 동안 칠 일마다 돌아가신 양반에게 밥을 지어 올린다. 다음 생엔 좋은 데로 가시라고.

피아노 위에 올려놓은 영정 사진에서 그의 어머니는 붉은 여름 원피스를 입고 있다. 아마도 사십대 때인 것 같다. 어머니가 술을 좋아하셨기에 사진 앞에는 소주도 함께 놓여 있다. 소주병 라벨에 인쇄된 여자 연예인도 붉은 옷을 입었다. 저 연예인과 어머니는 무척 다른 삶을 살았지만 사진만큼은 함께 있게 되었다. 정열을 상징하는 색을 나누어 입고서. 어머니가 생전에 아무리 이런저런 생각을 하며 지내셨건 나중에 자신의 사진과 이 젊디젊은 아가씨의 사진이 나란히 놓이게 될 줄은 몰랐을 것이다. 인생은 알 수가 없다.

나에게도 또한 사랑하는 사람의 어머니가 나한테 가져다줄 줄 몰랐던 작은 변화가 있었다.

몇 주 전이다. 별일도 없이 벽에 길게 기대 그는 휴대폰으로 게임을 하고 나는 뭐 뒹굴뒹굴하고 있었던가. 나는 늘 하던 버릇으로 "자기, 나 얼마나 사랑해요?" 하고 물어보았다. 연인들은 원래 다들 유치하지만 나는 심심하면 그런 걸 물어보는 무척 유치한 버릇이 있다. 그가 이렇게 저렇게 열심히 대답하던 건 물론 연애 초기일 뿐이고, 언제부

○

턴가는 기분 내키는 대로 "지금 먹는 치킨만큼"이라거나 아무데나 나오는 관용구, 이를테면 "하늘만큼 땅만큼"이라는 등 대충 주위섬긴다. 아예 대놓고 "아이고 귀찮아" 하고 웃을 때도 있다. 그러면 나도 흥, 하고 웃고 만다. 대단히 집요하게 대답이 듣고 싶어서 묻는 건 아니기도 하니까. 귀찮게 하는 게 또 재미가 있었던 것 같다.

지금 생각하면 그가 아무리 티를 안 내도 그렇지, 어머니가 돌아가신 지 얼마나 되었다고 철없이, 아무 생각 없이, 늘 하던 대로 그냥 그렇게 애 놀음이나 했을까 미안해진다.

그런데 그날따라 그가 대답을 하기 시작했다.

"요새 듣는 음악이 〈붉은 노을〉이거든요. 알죠, 이문세 노래. 그걸 듣다가 자기 생각을 해요. 나한테 이제 자기밖에 없구나 해서."

나는 순간 말문이 막혔다. 〈붉은 노을〉.

세상에서 남자를 가장 사랑해주는 여자는 엄마다. 처음이자 가장 깊고 가장 사무치고, 뭐라 말할 수 없는 사랑. 사랑의 크기를 비교한다는 일 자체가 망설여지는, 모든 남자의 첫번째 여자인 엄마, 그리고……

〈붉은 노을〉에서 이문세는 이렇게 외친다.

'난 너를 사랑하네. 이 세상은 너뿐이야. 소리쳐 부르지만 저 대답 없는 노을만 붉게 타는데.'

난 그 노래를 늘 좋아했지만 '이 세상은 너뿐'이라는 가사를 그런 식으로 들었던 적은 단 한 번도 없었다. 멋들어진 함의도 대단한 비유도 없는, 있는 그대로의 뜻으로.

아내의 자리란 그런 것이라는 생각도 해본 적이 없었다.

이런 식으로 그에게 나밖에 없어지기를 바란 적도 없었다. 과학자들이 뇌에서 사랑을 주관하는 호르몬은 몇 년밖에 나오지 않는다고 하고, 그러니 언젠가는, 또 그래서 불안하다는, 이런 생각만 했었다.

정말로, 이제는, 나밖엔.

내가 울자 그가 나를 안아주었다. 나는 내가 그를 안아주어야 한다고 생각했는데 그가 나를 안아주었다. 고맙다는 말도 그가 했다.

그후로 나를 얼마나 사랑하느냐는 질문은 하지 않게 되었다.

이것이 돌아가신 시어머니가 나에게 주신, 닥치기 전까지는 차마 생각도 하지 못했던 변화다.

○

위로는 필요 없다 °

혼자 괴로워서 허덕거리고 있었다. 이 생각 저 생각, 아주 예전에 있었던 일과 어제 있었던 일들이 모두 소용돌이쳤다. 위안이 필요해서, 자는 그의 옆으로 갔다. 깨우지 않을 생각이었다. 그냥 같이 있고 싶었다. 몸을 숙이는데, 자던 그가 날 보더니 갑자기 소리를 지르며 놀랐다. 으아악 하고. 나도 같이 놀라서 소리를 질렀다. 그렇게 놀라는 그는 처음 보았다. 손을 허우적거리면서 나를 밀어내는 모습.

멍하니 앉아 있는데 그가 내 손을 잡았다. 미안하다고 했다. 자기도 자기가 왜 그렇게 놀랐는지 모르겠다고. 우리는 잠시 말이 없었다.

나는 알 것 같았다. 아직 무의식에서 완전히 빠져나오지 않은 상태에서, 그 본능의 세계에서 그는 그때의 나를 알아본 것이라고 생각했다. 그 순간의 나. 원망, 미움, 자책, 슬픔의 에너지가 덩어리져 있었을 것이다. 다른 게 귀신이 아니다. 그게 귀신이다. 겪는 고통 이상으로 스스로 고통을 지어내서, 붉은 눈과 축축한 손으로 그러쥔 원망 덩어리, 그것이 떠다니는 것을 인간은 귀신이라고 부른다. 생령이라는 말까지 있다. 차가운 물을 뒤집어쓴 것 같았다. 나한테 위로는 필요 없었다. 나를 깎아내는 이런 감정에서 빠져나와야만 한다. 더이상 누가 잘못했건 상관없다. 나는 반드시, 반드시, 하면서 자리에서 일어나 문을 닫았다.

○

제라늄 꽃밭°

지금 토해내지 않으면 안 돼. 네가 숨겨두는 감정이 쌓이고 쌓여서 짓눌리고 어그러져서, 잼이 되어버릴 거야. 사과잼이면 먹을 수나 있지. 잼이 네 발목을 잡을 거야. 앞으로 나가지 못하게 할 거야. 파묻혀버릴 거야. 머릿속에 같은 생각만 맴맴 돌 거야.

다듬고 다듬어서 완벽할 때 내어놓는 게 무슨 소용이 있지, 그래봤자 얻는 건 사람들의 인정일 뿐인데. 아아 그 풍선같이 알록달록한 인정, 잡고 있어도 슬쩍 놓으면 날아가버리는 그놈의 인정, 그거 잡고 있느라 한 손은 늘 쓸 수가 없잖아. 붙들고 있으면 그거 잡고 하늘로 올라갈 수 있을 줄 알았지, 그러기엔 네가 너무 무겁지, 네가 뭔데 항상 잘난 모습만 보여야 하지, 잘난 모습을 보일 수 있게 되기도 전에 잼의 무게에 절룩거리다 넘어지고 말걸.

지금이야. 꺼내버려. 어쩔 거야. 사람들은 지들 생각밖에 안 해. 네

248

가 생각하는 만큼 너한테 관심 없어. 그냥 꺼내버려. 세상은 넓고 넓지, 네가 토해놓는 한숨 같은 거 들어갈 공간쯤은 있어. 것뿐이겠어, 아아 너를 놓고 나면 얼마나 상쾌하겠어. 드디어 문이 열리는 거야, 더 이상 너를 반복하지 않아도 돼. 아아, 지겨워죽겠지, 맨날 같은 타령의 너, 맨날 그 생각에 그 감수성인 너, 듣기 좋은 꽃노래도 한두 번인데, 드디어, 봐, 놓자마자 문이 열려, 드디어 새로움의 공기가 세차게 밀려 들어오는 거야, 바로 너에게로. 제라늄 꽃밭처럼 사랑스러운 너에게로. 보여? 제라늄의 여러 색깔? 네가 보지 않았던 너의 색깔?

　다른 사람 충고 듣지 마. 다 자기 맥락에서의 자기 말이야. 충고 안 들어서 망할 거면 망해버려. 네 방식대로 망해버려. 망해서 빨리 알아차리게. 다 늦어서 망하면 어떻게 다시 돌아오려고 그래. 그러니까 걱정 말고 확, 알겠지 확, 피어버리자.

핫핑크°

달콤한 사랑, 색깔은 핫핑크. 너도 함께 춤을 추자. 빙빙 돌자. 팔짝팔짝 뛰자. 핫핑크의 비결이라면 단순해. 그냥 평범한 여자가 되면 돼. 그것 봐, 잘하려고 하자마자 무릎이 딱딱해지잖아. 힘 빼고, 아무 기대도 말고. 이렇게 깊은 밤이잖아. 밤 냄새를 너는 알고 있어? 그 매캐한 맛을 알고 있어?

뻥치지 마. 모를 리가 있냐. 아무나 다 아는 거야. 단지 그냥 지나칠 뿐. 술기운과 위에 가득찬 돼지고기와 안구를 팽팽히 당기는 걱정들에 마비되었을 뿐.

너네 언니가 지난밤 속삭인 검붉은 말들은 잊어버려. 침대를 적시는 저주의 말들, 분노로 떨리는 팔꿈치, 그런 건 나쁜 꿈일 뿐. 너네 언니도 모르면서 하는 소리야. 너네 할머니도 몰랐고, 건너 동네 니 친구도 모르고, 교단 앞의 선생도 모를 예정일 거야.

°

아무도 몰라. 다 모르면서 하는 소리야. 알긴 뭘 알아. 직접 겪어보고 말해봤자 몇 번이나 겪었겠어. 많아봐야 일고여덟 번의 사랑, 혹은 백번이라 해도 똑같지, 그거 가지고는 몰라. 알겠어 뭘? 지가 뭐라고? 사랑 앞에서 우리는 다 똑같아. 아무도 사랑의 물살은 면제받지 않았어. 강물이 너를 덮칠 거야. 네가 할 수 있는 건 아무것도 없지, 실려가는 것뿐. 물살을 거스르면 물이 네 목구멍으로 넘어갈 거야. 꿀렁꿀렁 네 목구멍이 물로 가득차고, 오 너는 아무 말도 할 수 없겠지.

수고했어. 넌 정말 오랫동안 생각했어. 가슴을 앓아가면서 참 오래도 고민했어. 너는 마침내 답을 냈다. 그렇지만,

나와. 답은 거기 이불 밑에 놓아두고 집밖으로 나와. 네가 내린 답 같은 거 아무도 관심 없어. 왜냐면 네 답은 너한테만 적용되거든. 남한테는 적용이 안 되거든.

그리고 곧, 너한테도 적용이 안 될 예정이야.

기쁘지? 정말 기쁘지. 너도 솔직히 네 답이 마음에 안 들었지? 이게 전부라고 생각하지 않았을 거야. 네가 내린 그 사막 같은 답, 복닥복닥한 서울 반지하 원룸 같은 답, 그거 마음에 드는 게 이상하잖아. 너는 지구에 살잖아. 지구에 사는 너한테 주어진 건 끝이 안 보이는 초원, 무지막지하게 커다란 열대의 나무들, 눈을 끔벅거리는 조랑말, 보자마자 눈물이 핑 돌 것 같은 사랑스러운 야생 꽃다발, 그런 것들이야. 지금 당장 네 눈앞에 보이는 게 다가 아니야. 답도 마찬가지야.

○

그게 뭐든지 네 마음을 아프게 하는 건 답이 아니야. 절대 아니야.

추위? 겨울이니까 춥지. 여기 계속 있는다고 덜 추워지진 않을 거니까 쓸데없이 '조금만 참으면 돼' 하지 말고, 그냥 참지 마. 뭐든 참지 마. 아무것도 참지 마. 그냥 추위한테 네 몸을 줘. 그냥 꽉 줘버려. 그렇게 다 줘버리면 그제야 너는 겪게 된다. 머리로 겪는 추위가 아닌 진짜 추위를. 진짜 추위를 겪었을 때 너는 답을 찾아 헤맬 필요를 느끼지 않게 된다. 왜냐하면 답이 너무 단순해서 찾을 필요조차 없기 때문이다. 너의 답은 너만이 표현할 수 있으며 남에게 증명할 필요도 없고, 아 너는 심지어 답을 꼭 쥐고 있지도 않으나 답이 너와 함께 환하게 빛난다.

추위에 발갛게 얼어터진 너의 손등, 감각이 없어지는 발가락, 갈라지고 부르튼 네 입술, 거기서 네 검은 눈동자가 얼마나 짙은지. 아무 말도 없는 네 눈빛이 얼마나 깊은지. 그 생생한 감각 속에서 너는 무슨 답을 발견했을까. 책 속에도 없고 말 속에도 없으며 생각 속에는 더더욱 없었던, 너의 답, 너 그 자체. 나눠줄 거니? 너의 답을 말해줄 거니? 너를 전부 표현할 수는 없더라도 그냥 내키는 대로 말해줄 거니? 아무렇게나 즐겁게, 나와 함께 춤을 춰줄 거니? 아아 네가 깔깔 웃는다. 너는 더없이 평범하다. 평범한 너. 그래, 지금 너의 맛은 천상의 달콤함, 감촉은 아기의 머리카락 같은 부드러움, 색깔이라면 역시, 핫핑크.

천하의 놈팡이 °

"언니 니 에세이 보면, 맨날 햇빛이나 쫓아다니고, 목욕탕이나 가고, 누버가지고 뒹굴뒹굴거리기나 하고, 남편 휴대폰 게임하는 거나 디비 보고, 일은 언제 하노?"

"하긴 나도 누구 책 볼 때, 참 이 작가 인생 쉽게 가네 할 때 있다."

"사람들이 진짜 니 천하의 놈팡이인 줄 알겠다."

"그래도 일할 때는 억수로 많이 한단 말이야."

"뭐하는데."

"연습하고 합주하고 데모 듣고 숙지하고 해석하고 가사 멜로디 고칠 것 의논하고 데모 녹음하고 곡 골라서 확정하고 프로듀서랑 미팅 하고 바비랑 전화로 미팅 하고 카톡으로 미팅 하고 얼굴 보고 미팅 하고 소속사랑 미팅 하고 계약서 확인하고 공연기획사랑 미팅 하고 유통사 랑 미팅 하고 앨범 녹음하고 재킷디자이너랑 전화로 미팅 하고 스카이

°

프로 미팅 하고 인쇄소 가고 프로필 사진 찍고 공연 콘셉트 짜고 프로모션 자료 확인하고 공연용 백영상 촬영감독이랑 미팅 하고 촬영하고 편집 확인하고 공연 때 팔 굿즈 아이디어로 또 미팅 하고 라디오 가고 인터뷰 하고 공연하고 가끔 남의 곡 피처링도 해주고."

"앨범 안 내고 공연 안 할 때는?"

"놀지."

"놈팡이 맞네."

"……."

결혼의 실제 4°

"자기는 나를 있는 그대로 받아들여줄 수 있나요?"

"어렵지 않을까. 현실적으로. 나도 사람이니까 조금씩 자기를 바꾸고 싶어하기도 하겠죠."

"하긴……. 나도 그러니까."

"응."

"그렇지만 자기가 그럴 수 있다고 대답해줬다면 정말 좋았을 텐데."

"그럴 수 있다고 대답한 거야. 바꾸고 싶어하는 것까지 포함해서, 있는 그대로 받아들일 수 있어요."

"응, 그래요……."

"울지 말아요."

"응……."

쓸 만하지 않은 녀석들은 모두 다

델리스파이스의 〈고백〉이라는 노래가 있다. 영화음악으로도 쓰여서 꽤 유명하다. 후렴부 가사가 '하지만 미안해 니 넓은 가슴에 묻혀 다른 누구를 생각했었어'로, 로맨스물에 꼭 들어가는 그 유명한 엇갈림을 구현하며 듣는 이의 마음을 후벼판다. 그런데 개인적으로 들을 때마다 또 애절한 부분은 앞부분이다.

'중2때까지 늘 첫째 줄에 겨우 160이 됐을 무렵 쓸 만한 녀석들은 모두 다 이미 첫사랑 진행중.'

'이미 첫사랑 진행중'이라니. '쓸 만한 녀석들은 모두 다'라니. 나는 쓸 만한 녀석이 아니었던 것임이 틀림없다. 첫사랑이 '앗 저 수학 선생님 멋있다 꺄악꺄악 앗 저기 지나가는 쟤 괜찮은 거 같아 꺄악꺄악' 하는 게 아니라 제대로 손도 잡고 뽀뽀도 하고, 연애에 수반되는 여러 소모적이었다가 사랑스러웠다가 하는 감정을 나눈 것을 뜻한다면 확

○

실히 중2의 나는 첫사랑 진행중이 아니었던 것이다.

내 주변의 열다섯 살짜리 소녀들도 별반 다르지 않았다. 걔들은 '열다섯 살 소녀' 하면 남자들이 반사적으로 떠올릴 만한 청순하면서도 귀엽고 어딘가 섹시한 기미를 보일락 말락 하는 애들이 아니었다. 학교 끝나면 맨날 떡볶이나 먹으러 가고 목소리 크고 우당탕탕 하면서 뛰어다니다가 더러운 농담이나 하고, 여름엔 볼썽사납게 선풍기 앞에서 교복치마나 펄럭거리고, 아무튼 머릿속에 있을 법한 연애의 환상을 현실에서 구현해보려는 의지가 크게 없는 애들이었다.

물론 그 와중에도 어딘가 여자 티가 나고 단정하고 맵시 있고, 학교 끝나면 학원이나 집이 아니고 어딘가 신비스러운 곳으로 향할 것 같은 아이들도 몇 있었다. 그야말로 군계일학이었다. 나머지는 전부 그 짧은 날개를 신나게 퍼덕거리며 꼬꼬댁거리기나 했다. 만화를 보다보면 주인공과 서너 명의 조연을 제외하면 나머지 반 아이들은 전부 감자처럼 밋밋하게 그려져 있는 경우가 있지 않은가. 딱 그 짝이었다. 쓸 만하지 않은 내가 쓸 만하지 않은 녀석들만 주변에 모아두었던 것일까. 공학이지만 남녀 합반도 아니고 특별활동도 남녀를 갈라놓는 학교여서 그랬을지도 모르겠다.

아, 그러고 보니 군계일학은 아니었지만 내 친구 중에도 쓸 만한 녀석이 하나 있었던 게 기억이 난다. 그 녀석이 학원에 같이 다니는 남자애 하나를 너무너무 좋아해서 편지를 건넸다. 지가 건넨 게 아니고,

지는 너무 부끄럽다고 날더러 건네달라고 부탁했다. 그래서 내가 향단이 노릇을 했다. 편지를 건네줄 때 그 남자애의 주변에 몰려 있던 애들이 우오오 하고 탄성을 질렀다. 아니 도대체, 따로 불러서 주기라도 할 일이지……. 난 정말 아무 생각이 없었던 것이다. 이런 감자 같은 계집애가 있나. 그후로 나는 감자가 아니게 되기까지 떡볶이랑 순대를 먹으며 몇 년을 보내게 된다.

그렇게 기다려서 감자에서 학으로 변신했던가 하면 또 그것도 아니다. 연애를 할 때에도 나는 늘 학은 아니었다. 감자였다가 이도 저도 아닌 고구마였다가 도라지나물이 되었다가, 또 잠깐 학인 것처럼 느껴져서 무척이나 기뻐하다가 여기저기서 괄시받는 비둘기도 되고, 아무튼 난리도 아니었다. 다들 비슷비슷한지 아닌지는 잘 모르겠지만 적어도 나는 그랬다. 학교가 끝나면 적어도 헌팅을 두 번은 물리쳐야 집에 들어갈 수 있었던 비너스 여성이 아니었던 것이다. 대학 때 동아리 남자들 세 명이 한꺼번에 우르르 몰려와 나한테 고백하며 날 선택하라고 아우성치는 일도 없었다. 내가 원했던 남자가 늘 내게 마음을 준 것도 아니었다. 나는 내가 엄청 화려하게 살았다고는 생각하지 않는다.

지금도 마찬가지다. 고리타분하게 결혼이나 하고 말야. 고리타분하게 언제 그가 오나 기다리고, 오징어볶음이나 해놓고, 둘이서 드라마 대사나 따라 하면서 시시덕거리고.

언젠가 병훈 오빠가 나한테 그랬다.

○

"계피야, 남자를 많이 만나야 돼."

"네?"

"그래야 노래를 잘할 수 있어."

"네?"

이런 대화를 나누었지.

과연 맞는 말이라고 생각한다. 영화 〈서편제〉에서처럼 한 서린 창을 하기 위해 실명하는 약이라도 먹을 것은 아니지만, 역시 가수란 감정의 힘으로 굴러가는 직업이니까. 그런데 그때 나는 한 남자를 몇 년째 만나는 중이었다. 헤어질 생각도 없었다.

이게 나다. 모두가 생각하는 쓸 만한 녀석이었던 적, 별로 없다.

같은 사안에 대해 며칠 사이에 생각이 바뀐다. 누군가를 싫어하다가도 그 사람이 힘들어하는 걸 보면 금세 물러져서 누그러진다. 도토리묵도 아닌데. 누군가를 좋아하다가도 한마디 말에 속이 틀어진다. 여기 쓴 모든 일들에 대해 나는 별다른 확신이 없다. 언젠가 다르게 느끼고 생각하게 될 가능성은 늘 염두에 두고 있다. 이게 나다.

코흘리개 때부터 스무 살까지, 음악을 일로 삼으려는 생각은 해본 적이 없었다. 음악을 시작하고서 앨범을 몇 장이나 낼 때까지도 그랬다. '미쳐야 미친다'는 식의 눈먼 열정 같은 것 없다. 눈먼 거 좋아하지 않는다. 이게 나다.

쓸 만하지 않은 녀석들이 모두 다 그렇듯이 이 강을 지나고 저 강을 지나 전혀 생각지도 못한 곳에 안착할 것이다. 그 과정에 여러 가지를 느끼고 발견하고 배우면서 자신이 정말 누구인지 알게 될 것이라고 생각한다.

언제나 과정에 있다. 과정은 내가 본 무수한 소설, 영화, 드라마, 만화, 노래 가사보다 폼이 안 났다. 이렇다 할 이벤트도 별로 없고 이벤트가 있었다 해도 그 순간에는 상상하던 것만큼 충만하게 느껴지지 않았다. 손을 잡고 걷던 순간에 보았던 노을 색이 너무 예뻐서 이걸 기억하고 싶다고 소원했지만, 정작 가장 먼저 떠오르는 건 네가 코를 풀던 장면이다. 싸우고 난 다음날이었다. 잠을 못 자 심해진 비염 탓에 코를 그렇게 팽팽 풀던 그날 아침. 그 커다란 덩치로, 귀여운 갈색 후드티를 입고. 둥근 네 등, 그뒤로 햇살을 받아 빛나던 연두색 이파리.

나의 불안, 기쁨, 설렘, 화, 무엇인 척하기, 불평, 관대함, 오만함, 속좁음, 노력, 노력에 대한 반발심, 기억을 좋아하기, 기억을 싫어하기, 모두 숨기고 싶지 않다. 숨기고 싶은 마음도 있기는 하다. 그러나 숨기고 싶은 마음조차 숨길 수가 없을 것이다. 내가 관객 앞에 서며 한 가지 안 게 있다면 정말 중요한 것은 숨길 수가 없다는 것이다. 한 말도, 하지 않은 말도, 표정과 손의 각도, 잠깐 끊어지는 말 사이의 공백도, 모든 것이 표현이다. 무의식적으로 전해지고 전해 받는다. 사소한 것들만 숨길 수 있다.

이게 나다. 이게 지금의 나다.

○

언젠가
너에게
듣고 싶은 말

1판 1쇄 발행 2015년 9월 18일
1판 2쇄 발행 2015년 9월 24일

지은이 임수진

편집장 김지향
기획 박선주
편집 이희숙 박선주
모니터링 이희연
디자인 최정윤
본문 그림 김혜리
제작 강신은 김동욱 임현식
마케팅 방미연 정유선 오혜림
홍보 김희숙 김상만 한수진 이천희

펴낸이 이병률
펴낸곳 달 출판사
출판등록 2009년 5월 26일 제406-2009-000034호
주소 10881 경기도 파주시 회동길 210
전자우편 dal@munhak.com
페이스북 /dalpublishers
트위터 @dalpublishers
인스타그램 dalpublishers
전화번호 031-955-1908(편집) 031-955-2688(마케팅)
팩스 031-955-8855

ISBN 979-11-5816-014-2 03810